BOB ANDREWS
Alter:
10 Jahre
Wohnort:
Rocky Beach
Kennzeichen:
rotes Fragezeichen
Aufgaben:
Recherchen und Archiv
Hobbys:
Bücher lesen,
schreiben, Kino
Die Kaffeekanne,
das geheime Versteck der drei ???
???
Dieses Buch gehört:

Die drei ??? *Kids*

Band 95

Geheime Zeichen

Erzählt von Boris Pfeiffer

Mit Illustrationen von Udo Smialkowski

KOSMOS

Umschlag- und Innenillustrationen von Udo Smialkowski, Berlin
Grundlayout von der Peter Schmidt Group, Hamburg
Umschlaggestaltung von Sigrid Walter, Würzburg

»Geheime Zeichen« ist der 95. Band der Reihe
»Die drei ??? Kids«.

Unser gesamtes lieferbares Programm und viele
weitere Informationen zu unseren Büchern, Spielen,
Experimentierkästen, Aktivitäten, Autorinnen und
Autoren findest du unter **kosmos.de**

MIX
Papier | Fördert gute Waldnutzung
FSC® C014138
www.fsc.org

Gedruckt auf Cradle to Cradle Certified™ Munken Papier

ISBN: 978-3-440-17644-3
Redaktion: Susanne Stegbauer
Lektorat: Cordula Gerndt
Produktion: DOPPELPUNKT, Stuttgart
Druck und Bindung: Finidr, s.r.o., Český Těšín
Printed in Czech Republic / Imprimé en République tchèque

Die drei ??? *Kids*
Geheime Zeichen

Monsteraufgabe

»Sag das noch mal, Just!«, rief Peter Shaw entsetzt. »Oder nein, sag es lieber *nicht* noch mal und sag mir stattdessen, dass ich mich gerade ganz gewaltig verhört habe.«

»Ich fürchte, das hast du nicht«, antwortete ihm Bob Andrews anstelle von Justus Jonas und schüttelte bedauernd den Kopf.

»Du hast es also auch gehört, Bob?« Peter schluckte schwer und stieß dann hervor: »Tut mir leid, Freunde, aber da steige ich aus.« Der Sportlichste der drei ??? drehte sich einmal um die eigene Achse, ließ seinen Blick über den Schrottplatz schweifen und murmelte dann vor sich hin: »200 mal vier macht 800 ... wenn man für jedes Brett eine Minute braucht ... jedenfalls, wenn man schnell ist ...

das ergibt dann 200 Minuten pro Seite ... also ungefähr vier Stunden ... mal vier, denn der Schrottplatz hat vier Seiten ... das macht dann nach Adam Riese ... 16 Stunden!« Peter stieß die Luft aus. »Ich bin doch nicht wahnsinnig und streiche 16 Stunden lang den Bretterzaun des Schrottplatzes! Ohne mich!«

»Geteilt durch drei!«, warf Bob ein.

»Das macht aber immer noch über fünf Stunden für jeden von uns. Und das auch nur, wenn meine

Berechnung mit einer Minute pro Brett aufgeht. Möglicherweise sind es nämlich auch drei oder vier oder fünf Minuten pro Brett.«

»Ich denke, es sind fünf Minuten, Peter, wenn wir gut und ordentlich streichen wollen«, sagte Justus Jonas. Der Anführer der drei ??? sah seine beiden Freunde beschwichtigend an. »Aber was sind schon fünf Minuten pro Brett, wenn ihr an all die köstlichen Kirschkuchen denkt, die Tante Mathilda uns bis heute gebacken hat. Und was sind 16 Stunden Arbeit, wenn ihr daran denkt, was für herrliche Stunden wir schon auf diesem Schrottplatz verbracht haben. Und was ist schon ein bisschen Arbeit, wenn man bedenkt, dass wir uns ohne diesen Schrottplatz niemals kennengelernt hätten und keine Freunde wären. Ganz zu schweigen davon, dass es dann die drei ??? gar nicht gäbe!«

»Du redest dir das schön, Just«, brummte Peter. »Freunde wären wir nämlich auch ohne diese fiesen Malerarbeiten. Warum ist denn deine Tante überhaupt auf die Idee gekommen, dass der Zaun rund um den Schrottplatz neu gestrichen werden muss? Die Holzbretter sehen doch prima aus. Und den Kunden, die hierherkommen, ist es völlig egal, ob der alte Holzzaun frisch gestrichen ist oder nicht.«

»Tante Mathilda ist da anderer Meinung«, entgegnete Justus. Er blickte zum Wohnhaus hinüber, in dem seine Tante, deutlich sichtbar durch die offene Küchentür, am Spülbecken zugange war und ihre Backbleche säuberte. Bei ihr und Onkel Titus lebte Justus, seit er fünf Jahre alt war. Damals waren seine Eltern bei einem Unfall ums Leben gekommen. Doch der Junge hatte das große Glück gehabt, dass seine Verwandten ihn bei sich aufgenommen hatten. So hatte er auf dem Schrottplatz in Rocky Beach ein glückliches neues Zuhause gefunden. »Außerdem möchte Tante Mathilda ja nur, dass wir die *Außenseite* des Zauns streichen«, fügte Justus jetzt hinzu.

»Von beiden Seiten wäre das auch ein Ding der Unmöglichkeit«, entfuhr es Bob. »Dazu müssten wir nämlich die riesigen Schrottberge, die auf dem Wertstoffhof vor dem Zaun lagern, vorher zur Seite räumen.«

»Eben«, bestätigte Justus. »Das meine ich doch: Zum Glück müssen wir den Zaun nur von außen streichen.«

Peter zuckte die Schultern. »Na gut, Freunde, ich bin zwar nach wie vor nicht wirklich von der Notwendigkeit dieser Monsteraufgabe überzeugt, aber euch zuliebe – und nur deswegen – mache ich mit.«

»Ich wusste es«, lachte Justus. »Schließlich sind wir die drei ???. Keiner von uns hat die anderen jemals im Stich gelassen.«

»Okay, ebenfalls überredet«, sagte Bob. »Aber dann lasst uns auch gleich anfangen.«

Justus deutete auf einige Eimer Farbe, die direkt neben dem großen Einfahrtstor des Schrottplatzes bereitstanden, über welchem in großen Buchstaben *Titus Jonas Wertstoffhandel* geschrieben stand. »Ich schlage vor, wir tragen die Eimer gemeinsam hinaus, Bob öffnet sie, Peter rührt die Farbe um und

ich übernehme das Streichen der ersten Bretter. Wenn meine Arme müde werden, wechseln wir.«

»Klingt vernünftig«, meinte Peter gnädig. Und plötzlich grinste er breit. »Ehrlich gesagt, finde ich es besser, einen glatten Holzzaun zu streichen als einen alten Schrank. Bei einem Möbelstück muss man nämlich sehr viel vorsichtiger sein und aufpassen, dass keine Farbnasen herablaufen. Ich schätze mal, bei einem Holzzaun ist das nicht so wichtig.«

»Pass auf, dass du nicht gleich selbst eine Farbnase hast«, lachte Bob und schwang dabei den Pinsel.

Dann machten sich die drei ??? an die Arbeit. Bob öffnete die Eimer mit brauner Farbe. Peter rührte die Farbe mit einem Holzspatel so lange um, bis sie schön geschmeidig war. Und Justus tauchte den großen Pinsel in den Eimer und begann den Zaun in einem satten Braunton zu streichen.

Die Arbeit ging den Freunden schneller von der Hand, als sie zunächst vermutet hatten. »Das läuft ja wie geschmiert«, lachte Peter, als er mit Streichen an der Reihe war. »Macht richtig Spaß.« Er betrachtete die Farbschicht, die er in dicken Zügen aufgetragen hatte. »Und ehrlich gesagt sieht das Ganze richtig gut aus. Ich hätte nicht gedacht, dass ein frisch gestrichener Zaun so viel mehr hermachen würde.«

Nach Peter kam Bob an die Reihe und auf diese Weise hatten die Freunde die Seite links des Eingangstores nach kurzer Zeit fertig. »Deine Berechnung mit fünf Minuten pro Brett war falsch, Just«, sagte Peter. »Wir sind deutlich schneller. Ich schätze, das schaffen wir doch an einem Tag. Sollen wir denn jetzt um die Ecke weitermachen oder erst die andere Seite neben dem Eingangstor angehen?«

»Ich bin für die Seite neben dem Tor«, meinte Bob. »Wenn der Schrottplatz von der Straße aus wieder gut aussieht, werden die Kunden das sofort bemerken. Die Nebenseiten schauen sie sich eher weniger an.«

»Das ist eine gute, kundenfreundliche sowie verkaufsfördernde Idee«, stimmte Justus zu.

Die drei ??? gingen also am Tor vorbei und nahmen die Arbeit auf der anderen Seite wieder auf. Doch schon nach den ersten sechs Brettern hielt Peter, der inzwischen wieder den Pinsel schwang, plötzlich inne. »He! Was ist denn das?« Er deutete auf ein dickes gelbes Kreidezeichen, das auf den Zaun gemalt worden war. »Hast du das gemacht, Justus?«

Der Anführer der drei ??? trat neben Peter und sah sich die seltsame gelbe Zeichnung an. »Nein«, sagte er und beugte sich vor, um das Ganze genauer zu betrachten. »Es handelt sich um einen Kreis mit einem großen X darin.«

»Sieht fast aus wie eine Zielscheibe«, meinte Bob. »Hat hier etwa jemand Schießübungen mit Pfeil und Bogen gemacht?«

»Das hätte ich doch mitbekommen.« Justus schüttelte den Kopf. »Vielleicht ist es ein X in einem O?«

»Es gibt kein Wort mit einem X in einem O«, lachte Bob. »Und falls du auf das Sprichwort anspielst, es heißt: *jemandem ein X für ein U vormachen*.«

»Mir fällt ein Wort mit X und O ein«, fügte Peter hinzu: »Box.«

»Box oder nicht Box«, stellte Justus fest, »so ein

Zeichen habe ich jedenfalls noch nirgendwo gesehen.«

»Ich auch nicht«, stimmte Peter zu.

»Ein bisschen erinnert es mich an unsere Detektivzeichen, wenn wir uns gegenseitig eine Nachricht hinterlassen wollen«, rief Bob. »Wir malen dann auch mit Kreide ein blaues, weißes oder rotes Fragezeichen irgendwohin.«

»Das ist doch etwas anderes«, widersprach Justus. »Ich kenne niemanden in Rocky Beach, der Kreidezeichen an Zäune malt.«

»Außer wir selbst«, wiederholte Bob.

»Vielleicht haben hier Kinder gespielt«, winkte Peter ab.

Justus deutete die Straße hinauf und hinab. »Hier kommen aber selten andere Kinder vorbei.«

»Könnten es dein Onkel oder deine Tante gewesen sein?«, erkundigte sich Bob.

»Auf keinen Fall«, grinste Justus. »Tante Mathilda würde niemals den Zaun beschmieren. Und Onkel Titus kommt auch nicht auf solche Ideen.« Der Anführer der drei ??? schüttelte erneut den Kopf. »Ich kann mir ehrlich gesagt überhaupt niemanden vorstellen, der hier am Zaun mit Kreide zeichnen würde. Ich würde jedenfalls sagen, dass es sich um ein Zeichen handelt, das frisch aufgemalt worden ist. Aber warum und wieso es genau hier angebracht wurde, kann ich mir beim besten Willen nicht erklären.«

»Okay«, befand Peter, »egal, was es ist, und egal, was es bedeutet oder auch nicht bedeutet, ich bin dafür, dass wir es überstreichen. Weg ist weg, und fertig werden wollen wir auch!« Peter hob den Pinsel, um mit der braunen Farbe das seltsame Kreidezeichen zu übermalen. In diesem Moment schreckte Bob auf.

Kommissar in Not

»He! Seht mal, wer da kommt!« Bob deutete zur Straße, auf der sich ein rot und blau flackerndes Licht näherte. »Kommissar Reynolds«, rief Peter erstaunt. »Der hat es aber eilig ...«

Wirklich raste das Polizeifahrzeug in geradezu halsbrecherischem Tempo auf die drei ??? zu. Hinter dem Steuer war die Gestalt des Hauptkommissars von Rocky Beach auszumachen. Als dieser seinerseits die drei Freunde erblickte, trat er scharf auf die Bremse und hielt an. »Was macht ihr denn da?«, erkundigte er sich durch das offene Seitenfenster und klang dabei ziemlich außer Atem.

»Meine Tante hat uns gebeten, den Zaun des Schrottplatzes neu zu streichen«, begann Justus, »und da –«

»Meint ihr, sie hätte etwas dagegen, wenn ihr eine Pause einlegt?«, unterbrach ihn der Kommissar mitten im Satz und sah die drei Detektive bittend an.

»Bestimmt nicht, wenn *Sie* sie darum bitten, Sir«, antwortete Justus wie aus der Pistole geschossen.

»Das werde ich sofort tun! Wartet hier auf mich!« Der Kommissar gab Gas und fuhr mit quietschenden Reifen durch das Tor auf den Schrottplatz. Gleich darauf hörten Justus, Peter und Bob seine freundlich-bittenden Worte: »Werte Mrs Jonas, könnte ich mir die drei Jungen bitte für den Rest des Tages ausleihen? Mein lieber Sergeant Bofinger ist zurzeit im Urlaub und ich brauche dringend ein paar fleißige Hände, die Papiere für mich sortieren.«

Tante Mathilda lachte laut. »Na, wenn sich die drei bei der Behörde nützlich machen können, dann kann das Streichen unseres Zaunes *natürlich* noch einen Tag warten«, erklärte sie. »Ich habe allerdings einen ordentlichen Schrecken bekommen, Kommissar, als Sie so rasant hier vorgefahren sind. Ich dachte schon, es sei etwas passiert. Aber wenn Sie nur arbeitsame Hände brauchen, dann kann ich Ihnen meinen Neffen und seine beiden Freunde nur wärmstens empfehlen. Ich kenne keine fleißigeren Jungen auf der Welt.«

Bob sah Justus und Peter augenzwinkernd an. »Wenn Tante Mathilda das nächste Mal behauptet, dass wir den Schrottplatz lange nicht aufgeräumt haben, dann werden wir sie daran erinnern, was sie dem Kommissar gegenüber gerade kundgetan hat.«

Peter nickte. »Wir sollten das auf einen Zettel schreiben und ihn direkt an die Veranda hängen. DIE FLEISSIGSTEN JUNGEN DER WELT. Am besten persönlich unterschrieben von Kommissar Reynolds. Dann müssen wir in Zukunft vielleicht etwas weniger auf dem Schrottplatz schuften.«

Doch Justus winkte ab. »Irrtum! Ich vermute, das würde genau das Gegenteil bewirken. Wenn Tante Mathilda so einen Zettel auf der Veranda sieht, denkt sie noch viel öfter darüber nach, welche Aufgaben sie uns geben könnte.«

»Da hast du wahrscheinlich recht«, ächzte Peter. »Dann lassen wir das lieber bleiben.«

Gleich darauf erschien Kommissar Reynolds in seinem Polizeiauto wieder vor dem Tor. »Einsteigen, Jungs!«, rief er und entriegelte die Türen. Die Freunde setzten sich zu dritt auf die Rückbank. »Was gibt es denn so Eiliges, Sir?«, erkundigte sich Justus neugierig. »Ich gehe nicht davon aus, dass wir tatsächlich Akten für Sie ordnen sollen …«

»Natürlich nicht«, antwortete Reynolds. »Ich bin mit anderen Dingen vollkommen überfordert.« Er trat schon wieder mit aller Kraft aufs Gaspedal, so dass der Wagen einen Satz nach vorne machte. »Ich brauche dringend meine geheime Spezialeinheit!«

Dass der Kommissar die drei ??? als seine geheime Spezialeinheit bezeichnete, war kein Zufall. Schon oft hatten die Freunde ihm nämlich bei der Ermittlung und Lösung schwieriger Fälle mit ihrem Können zur Seite gestanden. Kommissar Reynolds hatte den dreien deswegen sogar eine Visitenkarte mit dem Stempel der Polizei und seiner persönlichen Unterschrift überreicht, auf der die Detektive als Spezialeinheit ausgewiesen wurden. Die Bürgerinnen und Bürger waren damit aufgefordert, ihnen bei Ermittlungen in aller Verschwiegenheit zur Seite zu stehen. In aller Verschwiegenheit deswegen, weil Erwachsene oft der Meinung waren, Kinder dürften sich weder in die Angelegenheiten Erwachsener einmischen noch seien sie in der Lage, Kriminalfälle zu lösen. Dass die drei Jungen dazu jedoch sehr wohl in der Lage waren, hatten Justus, Bob und Peter oft genug bewiesen.

»Ich brauche euch sehr dringend«, wiederholte Kommissar Reynolds nun. »Mein lieber Sergeant Bofinger ist nämlich bis morgen in Urlaub. Das bedeutet, ich muss alle Angelegenheiten selbst bearbeiten. Den ganzen Tag rase ich schon von einem Einsatz zum nächsten und ich hoffe wirklich sehr, dass eure wachen Sinne mir bei meinen Ermittlungen von Nutzen sein werden.«

»Worum geht es denn?«, erkundigte sich Bob.

»Wir müssen zur Villa der Familie Framham.«

»Was?!«, entfuhr es Bob. »Das ist doch eine der

reichsten Familien in ganz Rocky Beach! Mein Vater hat erst vor wenigen Wochen einen Artikel über sie in der Zeitung geschrieben. Die Familie ist mit dem Verkauf von Hundefutter reich geworden.«

»Ja«, bestätigte Justus. »Onkel Titus hat den Artikel gelesen und den ganzen Tag verwundert den Kopf darüber geschüttelt, dass man mit Hundefutter so wohlhabend werden kann. »Weißt du, Justus, hat er zu mir gesagt, ich dachte immer, Hunde können sehr gut von den Resten dessen leben, was ihre Besitzer nicht aufgegessen haben. Ich habe nie verstanden, warum man für Hunde extra Fleisch in Dosen abfüllt.«

Peter lachte. »Die meisten Hundebesitzer wollen natürlich, dass ihr Hund nur das allerbeste Futter bekommt. Auf Hundefutterdosen stehen ja immer so Werbesprüche wie EWIGE GESUNDHEIT und LANGES LEBEN und GLÜCKLICHER HUND und so weiter.«

»Mein Vater hat bei seinen Recherchen herausgefunden, dass es Hundefutter vor allem in den reichen Ländern der Welt gibt«, ergänzte Bob. »Dort, wo die Menschen selbst nicht viel zu essen haben, denken sie gar nicht daran, einen Hund mit Futter aus der Dose zu ernähren. Die Hunde fressen selbstverständlich die Reste von den Tellern der Menschen.«

Kommissar Reynolds unterbrach Bob: »Das ist ja schön, dass ihr das alles wisst, Jungs, aber in unserem Fall geht es um etwas anderes. Es ist nämlich ganz egal, womit diese Familie reich geworden ist. Das Schlimme ist, dass bei ihr eingebrochen wurde.«

»Und deswegen sind wir auf dem Weg dorthin?« Justus beugte sich vor. »Heißt das, die Diebe wurden auf frischer Tat ertappt?«

»Ganz im Gegenteil!«, rief der Kommissar. »Die Familie Framham ist gar nicht zu Hause.«

»Aha«, staunte Peter. »Und wer hat Sie dann über den Einbruch informiert?«

»Ein stummer Alarm«, erklärte der Kommissar. »Die Zentrale hat mich benachrichtigt, dass er ausgelöst wurde. Ihr wisst ja, so ein stummer Alarm löst bei einem Einbruch keine Sirenen am Ort des Einbruchs aus, sondern lässt stattdessen ein Warnlicht in der Polizeizentrale blinken.«

»Genau, Sir!«, rief Justus. »Und dann kann die Polizei zum Ort des Verbrechens fahren, ohne dass die Täter es bemerken. Aber das bedeutet ja, dass der Einbruch wahrscheinlich in diesem Moment vonstattengeht.«

»Eben«, ächzte der Kommissar. Er gab noch mehr Gas und ließ die Sirene aufheulen.

»Aber Kommissar Reynolds«, rief Justus, »dann sind die Täter womöglich noch in der Villa. Und wenn Sie mit lauter Sirene vorfahren, werden Sie sie vertreiben.«

»Das ist ja der Sinn des Signalhorns«, antwortete Reynolds. »Einbrecher erschrecken und verjagen.«

»Aber wenn Sie die Sirene ausschalten«, ließ sich Bob vernehmen, »dann könnten Sie die Täter auf frischer Tat ertappen und vielleicht gleich festnehmen.«

Der Kommissar stutzte. »Da hast du allerdings recht«, brummte er und schaltete im selben Moment die Sirene ab.

»Jetzt können wir uns hoffentlich unbemerkt der Villa nähern«, sagte Bob zufrieden.

»Und vielleicht werden wir die Täter dann gleich in Handschellen abführen«, freute sich Justus. »Ich bin gespannt, wie die aus der Wäsche schauen.«

»Ich hoffe nur, dass sie uns nicht in die Augen schauen«, murmelte Peter. »Ich möchte es nämlich nicht mit einer Bande Einbrecher aufnehmen müssen.«

»Dafür bin ich ja da«, beruhigte ihn der Kommissar.

Wenige Minuten später hatten sie die Villa erreicht. Es handelte sich um ein prächtiges Landhaus mit weiß gestrichenen Fensterläden. Es stand etwas abseits des Wohngebietes und dahinter glänzten die Berge, die sich im Landesinneren erhoben. Die Villa war von einem riesigen Garten umgeben, durch den ein breiter Kiesweg auf den Eingang zuführte, vor dem er eine kreisförmige Auffahrt bildete.

Das Tor stand offen. Vor dem Hauseingang aber parkte ein kleiner Transporter, in den zwei dunkel gekleidete Männer gerade eine alte Standuhr hoben.

»Solche Uhren sind unglaublich viel wert!«, entfuhr es Justus. »Das sind richtige Antiquitäten!«

Der Kommissar ließ den Wagen durch das Tor rollen. Doch die Räder knirschten über den Kies und die beiden Männer am Lieferwagen blickten erschrocken auf. »Jetzt haben sie uns doch entdeckt«, rief Justus enttäuscht. »Wir hätten vor der Villa aussteigen und uns zu Fuß nähern sollen.«

»Dazu ist es zu spät!« Reynolds gab Gas und der Polizeiwagen schoss auf die Einbrecher zu.

POLICE

Und dann ging plötzlich alles ganz schnell. Die Diebe ließen die Uhr in den Kies fallen. Gleich darauf sprang einer von ihnen hinter das Steuer des Transporters und ließ den Motor an. Der andere Mann aber kam schnurstracks auf den Polizeiwagen zugelaufen. Er griff in seine Tasche und –

»Hilfe!«, brüllte Peter. »Der hat eine Pistole.«

Doch es war keine Waffe, die der Mann aus der Tasche zog. Es war eine Spraydose. Im nächsten Moment nebelte er die Scheiben des Polizeiautos mit rotem Lack ein, sodass weder der Kommissar noch die drei ??? irgendetwas durch die Scheibe erkennen konnten.

»Genialer Plan«, rief Justus. »Man sollte als Dieb immer so eine Spraydose dabeihaben.«

»Kein Dieb wartet auf einen Polizeiwagen, um ihn dann einzunebeln«, keuchte Bob.

»Vielleicht doch«, widersprach Justus. »Schlaue Diebe wissen, dass es bei vielen Villen einen stillen Alarm gibt.«

Die drei ??? hörten jetzt die Reifen des kleinen

Transporters über den Kies knirschen. Der Kommissar riss die Wagentür auf, aber der Kiesstaub, der aufgewirbelt worden war, drang ihm und den Jungen in Nase und Augen, sodass sie alle mächtig husten mussten. Es dauerte einen Moment, bis sie wieder sehen und Luft holen konnten. Doch da war es schon still. Der Lieferwagen mit den Dieben und der Beute war verschwunden.

»Sie sind uns entwischt«, seufzte Justus.

Spurensuche

Kommissar Reynolds und die drei ??? stiegen aus und gingen auf die alte Uhr zu, die in der Einfahrt im Kies liegen geblieben war. »Solche Uhren kosten wirklich ein Vermögen«, erklärte Justus. »Onkel Titus hatte schon das ein oder andere Mal eine ähnliche auf dem Schrottplatz, und ich weiß, dass es dafür Sammler gibt.« Er begutachtete die goldene Standuhr von allen Seiten. »Sie scheint den Sturz unbeschadet überstanden zu haben. Das war Glück.«

Bob deutete auf ein kleines Fenster neben der Haustür, das eingeschlagen war und weit offen stand. »Dort müssen die Diebe eingedrungen sein«, erklärte er. »Und da hat die Uhr wohl gerade so durchgepasst.«

»Seltsam«, meinte Peter, »durch so ein kleines

Fenster kann man doch größere Kunstschätze gar nicht rausbringen.«

»Vielleicht wollten die Diebe die Haustür ja erst noch öffnen«, überlegte Bob.

»Oder gerade nicht«, meinte der Kommissar. »Viele Türen sind nämlich alarmgesichert. Vielleicht haben die Täter gedacht, das wäre bei den Fenstern nicht der Fall.«

Justus ging zur Tür und betrachtete das Schloss. Dann stieß er einen erstaunten Pfiff aus. »Nun seht euch das an!« Der Kommissar, Bob und Peter traten näher. Über dem Türschloss war ein dünner Streifen durchsichtigen Klebefilms angebracht.

»Wozu soll das denn gut sein?« Peter besah sich das Klebeband. »So kommt man mit einem Dietrich ja gar nicht an das Schloss.«

»Das ist wahr.« Bob schüttelte verwundert den Kopf. »Vielleicht eine Warnung, die Tür nicht zu öffnen, weil sie einen Alarm hat?«

»Das scheint mir etwas kompliziert gedacht, zumal die Diebe sowieso durch das Fenster eingedrungen sind!« Kommissar Reynolds ging zum Polizeiwagen zurück. »Kommt, meine geheime Spezialeinheit, bis auf das kaputte Fenster scheint kein größerer Schaden entstanden zu sein. Ich alarmiere über Funk die Zentrale, dass der stumme Alarm abgeschaltet werden kann. Die Gauner sind geflohen.« Er nahm das Funkgerät, sprach kurz hinein und öffnete dann den Kofferraum seines Wagens. »Ich werde das Fenster mit Polizeiband versiegeln. Danach kann der Alarm in der Zentrale wieder

angeschaltet werden. Sollte es den Dieben einfallen, noch einmal zurückzukommen, werden sie den Alarm erneut auslösen. In der Villa ist nämlich alles mit Infrarotsensoren ausgestattet. Dieses Haus ist supersicher.« Der

Kommissar nahm das Klebeband und machte sich an die Arbeit.

Justus nickte anerkennend. »Die Framhams haben wirklich gut dafür gesorgt, dass während ihrer Abwesenheit nichts passieren kann.« Er blickte noch einmal auf den transparenten Klebestreifen an der Haustür. Nachdenklich legte er Daumen und Zeigefinger an seine Unterlippe und begann diese zu kneten. »Kommissar Reynolds«, sagte er dann, »hätten Sie etwas dagegen, wenn wir drei uns die Villa zumindest von außen noch einmal in Ruhe ansehen?«

»Nicht im Geringsten, wenn ihr denkt, dass ihr noch etwas Verdächtiges entdecken könnt«, meinte der Kommissar. »Aber ihr müsst dann allein zurück nach Hause kommen. Ich muss nämlich jetzt sofort weiter.«

»Das ist kein Problem«, rief Peter dem Kommissar zu. »Mein Vater kommt bald von der Arbeit nach Hause und sein Heimweg führt genau hier vorbei. Ich bin sicher, er nimmt uns gerne mit. Er freut sich immer, wenn er Bob und Justus sieht. Ich schicke ihm gleich eine kurze Nachricht.« Sein Vater arbeitete als Spezialist für Trickfilmeffekte in den großen Filmstudios in Hollywood und fuhr jeden Morgen mit dem Auto zur Arbeit.

»Gut«, nickte Kommissar Reynolds, »dann fahre ich jetzt in die Polizeiwache und fertige einen Bericht an. Falls ihr etwas entdeckt, informiert mich bitte sofort.« Das versprachen die drei ???.

Als der Kommissar auf dem Kiesweg gewendet hatte und davongefahren war, sah Justus Peter neugierig an. »Wie kommt es, dass du sofort zugestimmt hast, die Untersuchung fortzusetzen? Ich hätte erwartet, dass du lieber mit dem Kommissar zurück nach Rocky Beach gefahren wärst. Ich meine, ich weiß natürlich, dass du Kriminalfälle fast so sehr liebst wie ich, aber so eine möglicherweise recht langweilige Tatortbegehung ist doch sonst eher nicht nach deinem Geschmack.«

Peter lachte. »Normalerweise wäre ich da ganz deiner Meinung, Just. Aber so etwas wie hier habe ich noch nie gesehen. Wer klebt denn ein Klebeband über ein Türschloss? Ich verstehe nicht, wozu das gut sein soll. Damit kann man keinen Abdruck des Schlosses nehmen, um einen Schlüssel nachzumachen. Und man verhindert gleichzeitig die Möglichkeit, das Türschloss mit einem Dietrich zu öffnen. Ich verstehe nicht, was die Diebe damit erreichen wollten. Und deswegen interessiert mich dieser Fall.«

»Zumal sie auch noch ein Fenster eingeschlagen haben«, ergänzte Bob.

»Vielleicht stammt der Klebestreifen ja auch von den Besitzern der Villa«, überlegte Justus.

»Du meinst, so wie manche Leute ein Haar an den Türrahmen kleben, um später zu sehen, ob jemand die Tür geöffnet hat? Das erkennt man ja dann daran, dass das Haar nicht mehr dort klebt.«

Peter schüttelte den Kopf. »Das halte ich für unwahrscheinlich. Ein Klebestreifen über dem Schloss ist doch viel zu offensichtlich. Außerdem könnte man ihn, wenn man wirklich unbemerkt ins Haus eindringen will, erst abziehen und nach dem Einbruch wieder draufkleben. Das wäre ein Leichtes.«

»Ich stimme dir zu«, nickte Justus. »Was könnte das seltsame Zeichen dann bedeuten?«

Bob hob alarmiert den Kopf. »Was hast du da gerade gesagt, Just?«

»Ich habe gesagt, was könnte das seltsame Zeichen dann –« Der Anführer der drei ??? hielt erstaunt den Atem an. »Du hast recht, Bob«, stieß er hervor. »*Das* könnte es sein!«

»*Was* könnte es sein?«, fragte Peter. Er blickte zwischen Bob

und Justus hin und her. Dann sah er den Klebestreifen an, brummte nachdenklich, nickte jedoch kurz darauf und grinste dann. »Natürlich! Das ist es! Es ist ein *Zeichen*. Und es ist glasklar, was es bedeutet.«

»Ja«, sagte Bob. »Wenn ich zu Hause an unserer Haustür einen Klebestreifen über das Schloss kleben würde, dann würde meine Mutter ihn abziehen, sobald sie die Wohnungstür aufschließen will.«

»Ganz genau«, lächelte Justus.

»Richtig«, lachte auch Peter. »Und wenn ich den Klebestreifen darübergeklebt hätte, dann würde ich, wenn ich das nächste Mal nachschaue, sehen, dass jemand da war und ihn abgezogen hat, denn Bobs Mutter würde den Streifen nach dem Öffnen der Tür wohl eher nicht wieder über das Schloss kleben.«

»Also«, folgerte Bob weiter, »könnte ein Klebestreifen über einem Schloss bedeuten, dass jemand kontrollieren will, ob ein Bewohner des Hauses zurückgekommen ist. Denn wenn einer da ist, wird der Klebestreifen nicht mehr da sein, sobald dieser Bewohner das Haus betreten hat.«

»Also ein eindeutiges Zeichen, um zu testen, ob ein Gebäude gerade leer steht«, beendete Justus den Gedanken. »Eine ziemlich schlaue Idee.«

»Na ja«, meinte Peter, »richtig schlau wäre es, das Blatt eines Baumes oder etwas anderes Natürliches über das Schloss zu legen. Das wäre nicht so auffällig wie ein künstlicher Klebestreifen. Allerdings könnte ein Baumblatt, wenn man es nass auf das Schloss klebt, auch wieder abfallen, sobald es getrocknet ist. Insofern ist der Klebestreifen vielleicht doch nicht so schlecht.« Dann sah er auf. »Freunde«, stieß er hervor, »das ist nicht das erste Mal heute, dass wir ein seltsames Zeichen bemerken. Erinnert ihr euch?«

Justus nickte. »Du hast recht. Am Zaun des Schrottplatzes war dieses Kreidezeichen.« Er blickte über die lange Kieseinfahrt zum Gartentor. »Ob die beiden Zeichen etwas miteinander zu tun haben? Dann sollten wir jetzt das Gelände rund um die Villa absuchen«, schlug er vor. »Denn einen Klebestreifen hier drin entdeckt man nur, wenn man bereits auf das Grundstück gelangt ist. Wenn ich einem

Dieb einen Hinweis geben will, dann muss ich außerhalb der Villa auch noch ein Zeichen anbringen, das zeigt, dass man es in der Villa mit einem Einbruch probieren soll.«

Peter schnaufte. »Ein Kreidezeichen am Zaun des Schrottplatzes könnte also einen Dieb dazu ermutigen, an der Tür der Veranda deiner Tante zu rütteln, Just.«

»Oder in den Schuppen von Onkel Titus einzudringen«, murmelte sein Freund. »Das wären dann richtig schlaue Verbrecher, denn dort lagert mein Onkel seine wertvollsten Wertstoffe.«

Bob musterte die schicke Villa. »Ich muss gestehen, dass dieses Haus für einen Einbrecher etwas lohnender aussieht als ein Schrottplatz.«

»In der Tat«, gab Justus zu. »Dann war das Kreidezeichen wohl eher kein Hinweis auf einen Einbruch bei uns. Zudem an unserer Haustür heute Morgen auch kein Klebestreifen angebracht war. Das hätte Tante Mathilda nämlich garantiert bemerkt und mich gefragt, ob ich das war.«

Peter war auf einmal ganz aufgeregt. »Lasst uns nachschauen, Freunde, ob wir draußen etwas Verdächtiges finden«, rief er. »Mein Detektivgeist ist geweckt.«

Fragen über Fragen

Die drei ??? verließen das Gelände und traten auf die Straße. Diesmal mussten sie gar nicht lange suchen. Ein kleines Stück neben dem Tor war mit Kreide ein Halbkreis an die Mauer gemalt, der nach rechts offen war und dessen oberes Ende eine Pfeilspitze zierte. »Schon wieder ein Kreidezeichen!« Peter musterte die hastig hingemalten Striche auf dem Steinmäuerchen aufmerksam. Bob zog bereits sein Notizbuch hervor und malte das Zeichen ab. »Hat das für euch irgendeine Ähnlichkeit mit dem Zeichen, das wir auf dem Zaun am Schrottplatz entdeckt haben? Ich habe das Zeichen dort leider nicht abgemalt. Könnt ihr euch erinnern, wie es aussah?«

»Ja«, sagte Peter. »Es war eine runde Zielscheibe.«

»Nein«, widersprach Justus. »Es war ein Kreis mit einem X darin.«

»Stimmt«, sagte Bob. Er malte es in sein Notizbuch. »Aber es hatte tatsächlich auch etwas von einer Zielscheibe.«

»Genau!« Peter kratzte sich an der Nase. »Also: Seht ihr einen Zusammenhang zwischen diesem Zeichen und dem Zeichen beim Schrottplatz?«

»Ein geschwungener Pfeil und ein X in einem

Kreis?« Bob schüttelte den Kopf. »Ich meine, wir alle kennen so ähnliche Zeichen aus dem Geometrieunterricht. Aber an solche wie diese beiden kann ich mich nicht erinnern.«

»Lasst uns nicht so schnell aufgeben«, forderte Justus. »Wir können die Situationen dennoch weiter vergleichen. Bei meinem Onkel und meiner Tante am Zaun war ein Zeichen, aber kein Klebestreifen am Schloss der Haustür. Hier dagegen gibt es ein anderes Zeichen und dazu einen Klebestreifen an der Tür. Das könnte doch etwas bedeuten.«

»Aber was?«, überlegte Bob.

»Zum Beispiel könnte das Zeichen hier draußen an der Mauer bedeuten, dass man zur Tür gehen soll«, kombinierte Peter.

»Und du meinst, das Zeichen am Zaun des Schrottplatzes könnte dann bedeuten, dass man *nicht* zur Tür gehen soll?«, fragte Bob.

»Richtig«, bestätigte Peter. »Zumindest wäre das nach dem jetzigen Stand unserer Erkenntnisse einigermaßen logisch.«

»Das sehe ich auch so«, befand Justus. »Wann kommt dein Vater von der Arbeit, Peter?«

Peter nahm sein Handy und warf einen Blick auf die eingegangenen Nachrichten. »Er hat bereits geschrieben. In zehn Minuten ist er hier. Und er will wissen, was wir in der Villa der Framhams machen.«

»Nichts«, sagte Justus hastig. »Wir machen hier gar nichts. Lass uns deinem Vater erzählen, dass wir ihm einfach nur neugierig entgegengelaufen sind, weil wir ihn etwas Dringendes fragen wollten. Ich möchte unseren Fall mit der Villa lieber geheim halten.«

»Einverstanden«, stimmte Peter zu. »Was man nicht weiß, macht einen nicht heiß. Aber was wollten wir meinen Vater denn fragen?«

»Natürlich etwas zu seinem beruflichen Spezialgebiet«, lächelte Justus. »Zum Beispiel, ob er für bestimmte Tricks in der Hollywood-Trickfilmausstattung auch Klebefilm benutzt.«

»Äh ja …«, brummte Peter. »Und wieso wollen wir das von ihm wissen? Ich glaube nicht, dass er für seine Tricks Schlösser an Häusern abklebt.«

»Na, ganz einfach«, antwortete Justus. »Es gibt doch beim Film immer diese Markierungen mit Klebeband auf dem Boden. Wenn irgendwo am Set künstliche Explosionen stattfinden, dann müssen die Schauspieler genau an der Stelle stehen, wo mit Klebeband ein Kreuz auf dem Boden angebracht ist.«

»Du meinst die Positionsmarkierungen«, sagte Peter. »Klar, die gibt es. Damit die Explosion genau dort stattfinden kann, wo es im Film möglichst dramatisch aussieht.«

»Na also«, nickte Justus zufrieden. »Und wir können deinen Vater auch fragen, welche anderen Verwendungen Klebeband im Film noch hat. Zum Beispiel an Haustüren oder Hausmauern oder so.«

Peter lachte. »Da bin ich mal gespannt, was er uns antwortet.«

Als die drei ??? kurze Zeit später bei Mr Shaw im Auto saßen, wunderte sich dieser nicht im Geringsten über ihre neugierigen Fragen. »Klebeband ist in der Filmindustrie ein sehr beliebtes Markierungsmittel und auch sonst gut zu gebrauchen«, antwortete er sofort. »Es dient für Positionsfestlegungen, damit die Kamera die Schauspieler bestmöglich einfangen kann. Das Gleiche gilt übrigens für das Theaterspiel auf der Bühne. Und natürlich werden mit Klebeband auch Löcher in der Kulisse abgeklebt, Schrauben verdeckt, Vorhänge an Holzwänden befestigt oder Pfeile auf den Boden geklebt, um bestimmte Richtungen anzuweisen.«

Justus hatte genau zugehört. »Also kann man mit einem Klebestreifen jemand anderem ein Zeichen geben. Das ist das Grundprinzip«, fasste er zusammen.

»Richtig«, stellte Mr Shaw fest. »Es ist ein Befestigungsmaterial, das sich aber auch bestens zur Zeichengebung eignet.«

»Genauso wie man jemandem mit Kreidestrichen eine wortlose Nachricht übermitteln kann«, meinte Bob.

Peters Vater nickte erneut. »Erinnert euch doch nur an die Kommunikation der indigenen Bevölke-

rung in den USA. Diese Menschen legten mit Stöcken Wegmarken oder häuften Steine aufeinander und nutzten diese Türmchen dann als Wegweiser. Das machen übrigens heute noch viele Bergsteiger.« Peters Vater überlegte kurz und fuhr dann fort: »Im Grunde genommen ist ein Zeichen doch immer dasselbe: Es ist eine Nachricht von einem Menschen an einen anderen. Und das Besondere ist, dass sich der Zeichengeber und der Zeichenempfänger nicht persönlich begegnen müssen.«

»Klar«, sagte Peter, »der eine kann ein Zeichen hinterlassen und der andere kann es später finden.«

»Trotzdem muss man wissen, was es bedeutet«, fügte Justus hinzu. »Sonst nützt einem die ganze Zeichensprache nichts.«

Bob holte sein Notizbuch aus der Tasche und schlug die Seite auf, auf welche er das Kreidezeichen gemalt hatte, das die drei ??? am Zaun des Schrottplatzes entdeckt hatten. Er beugte sich nach vorne, hielt es Peters Vater hin und fragte: »Haben Sie dieses Zeichen schon einmal gesehen, Mr Shaw?«

Dieser warf einen kurzen Blick darauf. »Nein, für mich sieht das aus wie eine Art Zielscheibe.«

»Und dieses Zeichen hier?«, fragte Bob weiter

und zeigte ihm das Symbol, das die drei ??? am Mäuerchen der Villa gefunden hatten.

Wieder schüttelte Peters Vater den Kopf. »Vielleicht haben da Kinder eine Schnitzeljagd veranstaltet«, lachte er. Dann blickte er wieder auf die Straße. »So, wir sind gleich da. Kommst du mit nach Hause, Peter?«, fragte er. »Dann können wir heute Nachmittag zusammen grillen.«

»Ja«, freute sich dieser. »Unbedingt! Und ich muss auch noch Hausaufgaben machen!«

»Ich auch«, rief Bob. »Ich steige gleich mit aus. Von dort kann ich zu Fuß nach Hause gehen.«

»Ich auch«, sagte Justus. »Bis zum Schrottplatz ist es nur eine halbe Stunde.«

»Du läufst *freiwillig* bis zum Schrottplatz?«, wunderte sich Bob.

»Ja«, antwortete der Anführer der drei ???. »Dabei kann ich in Ruhe nachdenken. Ich finde, beim Gehen kommen einem oft die besten Gedanken. Und ich schlage vor, dass wir drei uns morgen nach der Schule wieder auf dem Schrottplatz treffen.«

Geheime Zeichen

Als Peter und Bob am folgenden Nachmittag auf ihren Fahrrädern auf dem Schrottplatz eintrafen, sahen sie Justus vor einer alten Schultafel stehen. Er hielt ein aufgeschlagenes Buch in der einen und ein großes Stück Kreide in der anderen Hand und zeichnete merkwürdige Formen auf die Tafel.

»Was machst du denn da?«, fragte Peter erstaunt. Er stellte sein Rad ab, trat näher und musterte die Zeichen. »Das sieht aus wie Formen aus dem Geometrieunterricht, nur viel krakeliger. Was ist das denn?«

Bob, der sein Rad gegen einen alten Schrank gelehnt hatte, kam ebenfalls hinzu. »Also: Das erste Zeichen sieht aus wie ein Würfel mit einer schlecht gemalten Fünf auf einer Seite.«

Justus grinste. »Falsch, Bob.«

»Das nächste sieht aus wie vier kahle Berge, die einsam in der Landschaft stehen«, meinte Peter.

Justus grinste noch breiter. »Falsch, Peter.« Er deutete auf das nächste Zeichen. »Und wie sieht das für euch aus?«

»Wie ein Knopf mit zwei Schlitzen«, antwortete Bob.

»Oder wie ein Gleichheitszeichen in einem Kreis«,

schlug Peter vor. »Allerdings habe ich das in meinem Mathebuch so noch nie gesehen.«

»Ich auch nicht«, bestätigte Bob. »Und das hier auch nicht.« Er deutete auf die nächste Zeichnung, auf der zwei Pfeile durch einen Kreis flogen.

»Dieses Zeichen könnte vor Pfeilbeschuss warnen«, vermutete Peter.

»Oder es verbietet einem, mit Pfeilen zu schießen«, sagte Bob. »Oder es ist ein Verkehrszeichen und zeigt an, dass man halten soll, weil hier die Straße von Schienen gekreuzt wird.«

»Und die Züge kommen alle nur von links?«, fügte Peter irritiert hinzu. »Das ist doch sehr unwahrscheinlich.«

Die beiden Jungen richteten den Blick wieder auf ihren Anführer. »Just, was sind das für Krakeleien?«

»Das sind beileibe keine Krakeleien, sondern sehr bedeutungsvolle und aussagekräftige Hinweise«, erklärte Justus. »Es sind Zeichen, die nicht jeder verstehen kann. Und das ist übrigens auch ihr Sinn und Zweck.«

»Aha«, murmelte Bob. »Normalerweise dienen Zeichen genau dazu, dass jeder sie verstehen kann.« Er nahm Justus die Kreide aus der Hand und malte etwas an die Tafel: »Stell dir mal vor, jeder von uns hätte sein privates Alphabet«, erklärte er. »Dann würde Peter das Wort *Kirschkuchen* vielleicht so schreiben: ¤ª¢±Æ¬ĐØЖĦŒ. Und ich vielleicht so: ДæŦŊº§ΘßðĦ.«

Justus lachte laut auf. »Tante Mathilda würde verrückt werden!«

»Eben«, sagte Bob. »Auch Verkehrszeichen, die nicht jeder versteht, machen keinen Sinn. Dann gäbe es nämlich jede Menge Unfälle.«

»In der Tat«, stimmte Justus zu. »Im Übrigen gibt es immer wieder Zeichen, die Menschen nicht verstehen, und das führt dann oft zu schlimmen Dingen. Wie zum Beispiel beim Klimawandel. Wir Menschen bekommen seit Jahren deutliche Zeichen, dass das Klima sich dramatisch verändert, aber wir achten einfach nicht darauf.«

»Das liegt aber auch daran, dass wir Menschen

so viel anderes im Kopf haben. Die Hinweise werden übersehen, weil niemand wirklich auf sie achtet«, ergänzte Peter.

Justus deutete auf die Tafel. »Bei diesen Zeichen allerdings ist das Besondere, dass sie übersehen werden *sollen.*«

»Wie bitte?« Bob nahm seine Brille ab und putzte sie nachdenklich mit einem Zipfel seines T-Shirts. »Zeichen, die übersehen werden sollen?!«, wiederholte er verwirrt. Doch dann leuchteten seine Augen plötzlich auf. Er setzte die Brille zurück auf seine Nase. »Du meinst, es könnten *Geheimzeichen* sein.«

Peter nickte. »Also genauso wie unsere drei Fragezeichen.«

Justus klatschte in die Hände. »Richtig, Freunde.«

»Jetzt verstehe ich«, sagte Bob. »Doch wenn diese Zeichen nicht für jeden gedacht sind, dann ist doch die eigentliche Frage: Für wen sind sie gedacht?«

»Diesmal hast du den Nagel auf den Kopf getroffen«, erklärte Justus und nahm das Buch, das er neben der Schreibtafel abgelegt hatte. Er zeigte seinen beiden Freunden den Titel. »ROTWELSCH«, las Bob. »DIE WICHTIGSTEN GAUNERZINKEN. Was bedeutet das? Diese Wörter habe ich noch nie gehört.«

»Ich kenne nur einen Rotbarsch«, sagte Peter. »Und unter einem Zinken versteht man gemeinhin eine große Nase.«

»Wisst ihr denn wirklich nicht, was das bedeutet?«, fragte Justus erstaunt.

»Nein«, erwiderten Bob und Peter wie aus einem Mund.

»ROTWELSCH ist ein ziemlich altes Wort«, erklärte der Anführer der drei ???. »Angeblich steht die Silbe ROT für *Gauner* oder auch *Landstreicher* und WELSCH für eine unverständliche Sprache.«

»Eine unverständliche Gaunersprache also«, sagte Bob. »Sind das dann etwa Zeichen von Banditen?«

Peter schlug sich vor die Stirn. »Das passt perfekt! Ein Klebestreifen über einem Schloss zeigt an, dass diese Tür nicht geöffnet wurde, jedenfalls solange der Streifen draufklebt. Und das Zeichen am Zaun bedeutet dann: Schau nach, ob der Klebestreifen noch über dem Schloss klebt. Und wenn er das tut ...«

»... dann lohnt es sich, dort einzubrechen, weil niemand zu Hause ist«, ergänzte Bob.

»Gut kombiniert, Freunde«, freute sich Justus. »Und GAUNERZINKEN sind nichts anderes als von Gaunern gemalte Zeichen, die solche geheimen Botschaften übermitteln.«

»Aber dann müssen Diebe in Rocky Beach unterwegs sein, die diese Zeichen an Hauswände, Türen und Zäune schreiben«, rief Bob aufgeregt.

Justus nickte. »Genau darum geht es. Es sind Geheimzeichen, die Banden oder vielmehr einer aus der Bande den anderen hinterlässt. Es wäre nämlich viel zu auffällig, wenn eine ganze Diebesbande durch die Stadt läuft und sich mögliche Einbruchsobjekte anschaut, um herauszufinden, wo sich ein Diebstahl lohnt. Aber wenn das nur ein einzelner Mensch tut, dann kann er unbemerkt ausspionieren – oder wie es in der Gaunersprache heißt: *ausbaldowern* –, wo es etwas zu holen gibt.«

»Und dann können seine Kumpane abends oder nachts in der Dunkelheit kommen, den Zeichen folgen und den Einbruch ausführen«, schlussfolgerte Bob.

»Wo hast du denn dieses interessante Buch her, Just?«, wollte Peter wissen.

»Von Onkel Titus«, erklärte sein Freund. »Ich habe gestern auf dem Heimweg noch ein bisschen über die Möglichkeit von Zeichen nachgedacht und bin immer wieder darauf zurückgekommen, dass sie von irgendjemandem für irgendjemanden hinterlassen werden. Und dann habe ich meinen Onkel nach ungewöhnlichen Zeichen gefragt und er hat mir dieses Buch aus seinem Schuppen geholt.«

»Wo hat dein Onkel das denn her?«, fragte Bob. »Das ist ja ein richtiges Schatzbuch.«

Justus lachte. »Der Vorgänger von Kommissar Reynolds hat es ihm günstig verkauft, als er in den Ruhestand gegangen ist. Er sagte damals zu meinem Onkel, dass Rotwelsch nicht mehr gesprochen wird und dass das Buch deswegen eine Rarität sei. Seitdem liegt es in Onkel Titus' Schuppen. Es ist ihm erst gestern wieder eingefallen, als ich danach gefragt habe. Und hier sind auch die uns bekannten Zeichen zu finden.« Er malte ein X in einem Kreis und den Halbkreis mit der Pfeilspitze an die Tafel. »Sie bedeuten: *Nichts Interessantes* und *Günstig für einen Diebstahl.*«

»Großartig«, freute sich Bob. Er streckte den Arm aus und nahm Justus das Buch aus der Hand. Dann las er im Inhaltsverzeichnis: »*Zinken stechen* bedeutet: Zeichen geben. *Abzinken* bedeutet: kennzeichnen. Das Wort Zinken kommt vom lateinischen Wort *signum* und das bedeutet schlicht und einfach: Zeichen.«

»Okay, okay, okay«, rief Peter. »Das ist ja sehr interessant, jetzt bleibt aber eine Frage offen: Wer hat diese Zeichen hier in Rocky Beach gemalt und für wen?«

»Wahrscheinlich hat einer für die Diebe, die wir zusammen mit dem Kommissar an der Villa der Framhams gesehen haben, die Gaunerzinken gemalt«, meinte Bob.

»Und das bedeutet, Freunde, wir müssen uns unverzüglich auf die Suche nach dem rätselhaften Zeichengeber machen«, entschied Justus. »Und zwar noch heute!«

Gute Tarnung

»Die Verkleidung ist nicht schlecht«, sagte Peter. »Aber glaubt ihr wirklich, dass wir ausgerechnet auf dem Sportplatz von Rocky Beach einen Gangster entdecken, der in der Stadt geheimnisvolle Zeichen anbringt?«

»Die Chancen stehen jedenfalls gut«, sagte Justus, »denn zentraler als der Sportplatz geht es in unserem Städtchen nicht. Wir sind dort nur wenige Meter vom Marktplatz entfernt, und dort fangen auch die Straßen an, die in die wohlhabenden Viertel von Rocky Beach führen. Wir wissen bereits, dass der Schrottplatz den Tätern für einen Einbruch nicht lohnenswert erschien und dass die Villa der Framhams dagegen sehr attraktiv für einen Diebstahl war. Und zwischen dem Sportplatz und dieser Villa liegt genau das Gebiet, in dem es viele weitere Häuser gibt, die für Einbrecher lohnend sein könnten.«

»Das stimmt, Just!« Bob tippte den mitgebrachten Basketball auf den Boden, fing ihn wieder auf, tippte ihn wieder auf und merkte dann an: »Trotzdem dürfte es schwer werden, den unbekannten Gaunerzinkenmaler zu entdecken.«

»Wie sollen wir ihn denn überhaupt erkennen?«, zweifelte Peter. Er streckte die Arme aus und Bob warf ihm den Ball zu. Jetzt tippte Peter ihn geschickt auf. »Man sieht ja schließlich niemandem von außen an, was er insgeheim im Schilde führt.«

»Einen Anhaltspunkt haben wir«, entgegnete Justus. »Wir können davon ausgehen, dass wir es bei unserem Zeichengeber mit einem Unbekannten zu tun haben. Bisher gab es noch nie Gaunerzinken in unserem Küstenstädtchen.«

»Die beiden Diebe, die wir heute bei der Villa gesehen haben, waren auch nicht von hier«, bestätigte Bob. »Zumindest habe ich sie noch nie zuvor gesehen.«

»Es ist aber sehr schwer, so zu tun, als ob wir Basketball spielen, und dabei gleichzeitig die Straße zu beobachten«, stöhnte Peter. »Wollen wir nicht wenigstens ein paar richtige Läufe und Würfe machen? Sonst merkt der mögliche Gangster noch was.«

»Nein«, widersprach Justus. »Unsere Aufgabe ist es, die Straße zu beobachten. Aber du kannst gerne ein paar Körbe werfen und wir sagen dir Bescheid, wenn du damit aufhören musst.«

»Na gut.« Peter stellte sich weit genug vom Korb weg und begann den Ball ein ums andere Mal in diesen zu werfen. Wie es Bob und Justus von ihm gewohnt waren, traf ihr Freund immer wieder. Derweil beobachteten die beiden durch das Gitter, das den Basketballplatz umzäunte, die Straße, die aus dem Stadtzentrum in die wohlhabenden Außenbezirke führte. Peter fing gerade den Ball nach einem Abpraller, als er plötzlich stutzte. »Freunde, habt ihr den Typen dort drüben schon mal hier gesehen?« Am Zaun des Basketballplatzes ging ein großer Mann mit einem roten Stirnband vorbei. Er hatte dicke Muskeln und trug ein blau-schwarzes Sporttrikot.

»Nein, noch nie«, sagte Bob.

»Ich auch nicht«, fügte Justus hinzu. »Und er geht am Platz vorbei, obwohl er Sportkleidung trägt.«

»Außerdem hat er eine Sporttasche über der Schulter«, flüsterte Bob. »Und die sieht prall gefüllt aus. Da könnte auch Diebesgut drin sein.«

Justus nickte. »Ein fremder Mensch in der Stadt, gekleidet wie ein Basketballspieler, kommt aber nicht zum Spielen und geht zielstrebig in die überfallträchtige Gegend.« Justus blickte dem Mann nach. »Ich möchte ja niemanden grundlos verdächtigen, aber ich fürchte, in diesem Fall ist es nicht ganz abwegig, dass ich es dennoch tue.«

»Okay, Freunde«, zischte Peter, »beschatten wir ihn. Aber was machen wir, wenn er uns bemerkt?«

»Nichts«, sagte Justus. »Wir gehen einfach schweigend an ihm vorbei.«

Die drei ??? verließen den Sportplatz, holten ihre Fahrräder, die sie außen am Zaun abgestellt hatten, und folgten, die Räder schiebend, dem Mann. Dieser schlenderte beschwingten Schrittes weiter am Basketballplatz vorbei und bog dann ins Villenviertel von Rocky Beach ein. Dabei sah er sich immer wieder unauffällig nach rechts und links um.

»Ich glaube, er ist am Ausbaldowern«, flüsterte Peter.

Als der Mann an einem Gartenzaun vorbeikam, an dem einige Rosensträucher über die Hecke hingen, blieb er auf einmal stehen und blickte sich erneut nach allen Seiten um. Die drei ??? versteckten sich schnell hinter einen Stromkasten. Im nächsten Moment brach der Mann eine rote Rose von einem der Sträucher.

»Ein Rosendieb ist er auf jeden Fall schon mal«, flüsterte Bob.

»Vielleicht will er die Blume für geheime Zeichen benutzen.«

Justus wiegte den Kopf hin und her. »Ich weiß nicht … Onkel Titus hat mir mal erzählt, dass er früher für Tante Mathilda, immer wenn er sie besucht hat, irgendwo eine Rose abgebrochen hat. Vielleicht ist der Mann also einfach nur verliebt und will seiner Liebsten eine Blume mitbringen?«

»Ja«, sagte Bob, »ich fürchte, das könnte stimmen. Seht mal!«

Der Mann war in die nächste Auffahrt eingebogen und klingelte an der Haustür. Sie wurde geöffnet und eine schwarzhaarige Frau erschien im Türrahmen. »Jacqueline«, rief der Mann, »endlich sehe ich dich wieder. Ich habe die ganze Woche nur an dich gedacht. Ich hatte nicht mal mehr Lust, mir Basketballspiele im Fernsehen anzuschauen.«

»Jamie«, erwiderte die Frau, »du weißt, dass ich es nicht mag, wenn du so viel Fernsehen schaust. Und immer nur Basketball. Es ist so schön, dass du zu mir nach Rocky Beach gezogen bist, aber du sitzt ständig zu Hause vor dem Fernseher.« Sie stutzte. »Du hast mir eine Rose gekauft?«

»Ehrlich gesagt«, gestand der Mann, »habe ich sie in einem Garten gestohlen. Ich war mir nicht sicher, ob du mich wiedersehen willst, nachdem du so wütend warst. Aber wenn die Rose zu dir spricht ...«

»Ach Jamie! Natürlich wollte ich dich wiedersehen!« Die Frau öffnete ihre Arme und dann küssten sich die beiden.

»Fehlanzeige«, seufzte Peter. »Ein klassisches Liebespaar. Wie im Film.«

»Ja«, stöhnte Bob. »Er schaut immer Sport und sie sehnt sich nach roten Rosen.«

»Verflixt und zugenäht!« Peter sah sich um. »Und wir haben wegen den beiden den Basketballplatz, unsere zentrale Beobachtungsstelle, verlassen. Hoffentlich ist uns unser Gaunerzeichengeber nicht entwischt.«

In diesem Moment erscholl in der Nähe eine Stimme, die rief: »Fido, Fido! Schön bei Fuß. Fido! Nicht auf den Gehweg! Wenn du pieseln musst, dann bleib schön am Bäumchen stehen.« Ein Mann in einem grauen Anzug, mit einem schmalen Gesicht und kurz geschnittenen Haaren kam näher. Er führte einen kleinen, rotbraunen Hund an der Leine.

»Habt ihr den Typ schon mal in Rocky Beach gesehen?«, fragte Bob verdutzt.

»Nein«, sagte Peter. »Und von einem Hund namens Fido habe ich auch noch nie gehört.«

Justus nickte. »Was bedeutet, dass wir damit soeben schon den dritten uns Unbekannten in diesem Fall erblicken.«

»Na ja«, meinte Bob. »Jeden Einwohner und jede Einwohnerin von Rocky Beach kennen wir nun auch wieder nicht. Doch ein Hund als Tarnung, das wäre ziemlich genial zum Ausbaldowern ...«

Die nächste halbe Stunde verbrachten die drei ??? damit, dem Mann mit dem Hund zu folgen. Der Hund lief von Baum zu Baum, schnupperte, hob ab und zu das Bein und stromerte dann weiter. Der Mann folgte ihm die ganze Zeit unauffällig. Doch plötzlich wandte er sich von seinem Hund ab und trat ganz nahe an eine Gartenmauer mit Gitter, durch das eine große Villa zu sehen war. Kurz darauf drückte er auf den Klingelknopf am Tor. »Hallo?«, rief er in die Sprechanlage. »Hallo, ist jemand zu Hause?« Justus, Peter und Bob duckten sich hinter ein Auto. Aus dem Lautsprecher kam keine Antwort. Der Mann zerrte an der Leine seines Hundes. »Fido, bei Fuß!« Er klingelte erneut. »Hallo?«, fragte er noch einmal. Wieder ertönte keine Antwort. Der Mann sah seinen vierbeinigen Gefährten zufrieden an. »Guter Hund«, grinste er.

In diesem Moment näherte sich eine ältere Dame auf dem Bürgersteig. Sie führte ebenfalls einen Hund an der Leine. »Ach, was für ein süßer Kerl«, rief sie, als sie den Hund des Mannes sah. Dann deutete sie auf das Haus, bei dem der Mann geklingelt hatte. »Die Mullers sind diese Woche in Ferien.« Sie lächelte, bückte sich und streichelte den Hund. »Süßer kleiner Kerl! Wie heißt er denn?«

»Fido«, brummte der Mann im grauen Anzug. »Aber Vorsicht! Er ist bissig!«

Die Frau richtete sich erschrocken auf und ging schnell weiter. Kaum war sie in der nächsten Seitenstraße verschwunden, griff der Mann in seine Hosentasche und zog ein Stück Kreide hervor. Dann malte er mit dem Kreidestück eine Raute auf die Gartenmauer direkt neben dem Klingelschild.

»Das Zeichen bedeutet *unbewohntes Haus*«, flüsterte Justus.

»Jetzt haben wir ihn, den Gaunerzinkenmaler«, triumphierte Bob.

Entdeckt

»Und was machen wir jetzt?«, wollte Peter wissen.

»Wir verfolgen ihn natürlich«, erklärte Justus. Er schwang sich auf sein Fahrrad. »Es geht doch nichts über eine gute Tarnung«, lächelte er. »Fahrrad fahrende Kinder sind perfekt, um erwachsene Übeltäter zu beschatten.«

Während der Mann weiterging, zeichnete Bob das Zeichen, das dieser am Haus hinterlassen hatte, in sein Notizbuch. »Da hat die Frau ihm aber, ohne es zu ahnen, einen guten Tipp gegeben.«

»Ja«, entfuhr es Peter. »Und nur deswegen, weil er einen süßen Hund bei sich hatte.«

»Hunde schaffen Vertrauen«, meinte Justus. »Tierliebe verbindet.«

»Man kann eben alles Gute auch missbrauchen«,

fügte Bob hinzu. Er sah dem Mann nach, der inzwischen ein ganzes Stück die Straße hinuntergegangen war. »Jetzt bin ich aber wirklich gespannt, was er noch so alles an geheimen Zeichen zu bieten hat.«

Die nächste Stunde waren die drei ??? damit beschäftigt, dem Zeichengeber unauffällig hinterherzuspionieren. Zu ihrem Glück war der Mann sehr mit seinem Hund und dem Ausspähen der Häuser beschäftigt. An manchen Haustüren klingelte er, sprach Leute an und warf unauffällige Blicke über den Gartenzaun. Die Zeichen, die er anbrachte, waren äußerst vielfältig.

»Der macht wahrlich nicht nur Kreidezeichen«, stellte Bob nach einer Weile fest. »Schaut mal, jetzt hat er statt Tafelkreide eine Wachsmalkreide benutzt.«

Die drei ??? kamen an der Mauer vorbei, die der Mann markiert hatte. »Seht«, meinte Peter, »im Sonnenlicht ist das Zeichen fast nicht zu erkennen.«

»Interessant!« Bob fuhr vorsichtig mit dem Finger über die Markierung. Dann schirmte er sie mit der

Hand ab, zog eine kleine Taschenlampe aus der Hosentasche und leuchtete in den Schatten unter seinen Fingern. »Dachte ich es mir doch!« Im Licht der Lampe schien die Kreide gut sichtbar auf. »Das ist ein Zeichen für die Nacht«, erklärte er. »Wirklich raffiniert. Man muss nur im Dunkeln auf die Mauer leuchten und schon sieht man, was sonst niemand sieht.«

Justus schnaufte. »Diesmal besagt das Zeichen, dass in dem Haus alte Leute wohnen. Das ist wirklich fies. Alte Menschen kann man als Einbrecher leicht einschüchtern.«

»Los, weiter!« Peter sah die Straße hinab. »Der Gauner ist schon um die nächste Ecke verschwunden.«

Die drei ??? radelten weiter. Als sie den Mann wieder ins Visier nehmen konnten, hatte dieser gerade zu einer gänzlich neuen Methode gegriffen. Aus seiner Tasche zog er einen Werbeflyer, den er zusammenfaltete, sodass er wie ein Papierflieger aussah. Dann steckte er diesen zwischen zwei Latten eines Holzzauns.

»Ich fasse es nicht«, staunte Bob. »Wenn man erst mal dahintergekommen ist, was er treibt, dann muss ich schon sagen: Die Zeichen sind wirklich clever.«

»Allerdings!« Justus deutete auf den Boden vor dem Haus, vor dem sie standen. Dort lagen drei Zweige, die von einem Busch gerissen und zu einem Haken gelegt worden waren. »Das bedeutet *krank spielen*. Wie er wohl auf diese Idee gekommen ist? Lasst uns das überprüfen, Freunde.«

Justus wartete, bis der Mann ein Stück weitergegangen war. Dann klingelte er an der Tür des Hauses. Eine Frau öffnete. »Guten Tag, Madam«, lächelte Justus. »Haben Sie zufällig unseren Onkel gesehen? Er ist mit seinem Hund spazieren und wir wollten ihn einholen. Aber wir finden ihn nicht.«

Die Frau lächelte Justus freundlich an. »Aber ja! Ihr meint doch sicher den Mann mit dem kranken Hündchen. Ich habe ihm gerade etwas Wasser für seinen Vierbeiner gegeben, weil er mich darum gebeten hat.«

Justus nickte. »Das ist aber sehr freundlich von Ihnen.«

»Ach was«, sagte die Frau, »nicht der Rede wert. Man muss doch den Tieren helfen, wenn es ihnen nicht gut geht. Der Hund schien mir entkräftet.« Sie lächelte den drei ??? noch einmal freundlich zu. »Es ist nett, dass ihr mit eurem Onkel Zeit verbringen wollt. Er ist ja sehr arm, wie ich erfahren habe, und hat nicht einmal genug Geld, seinen Hundefreund gut zu versorgen. Ich habe ihm gerade zehn Dollar für Hundefutter geschenkt.« Sie wies die Straße hinunter. »Ich bin sicher, wenn ihr euch beeilt, holt ihr ihn ein.«

»Danke«, rief Justus.

»Krank spielen«, meinte Bob, als die Frau die Tür wieder geschlossen hatte, und verdrehte theatralisch die Augen. »Der Gaunertrick scheint sich gelohnt zu haben.«

»Das ist ja richtig unheimlich, was man durch diese Zeichen alles über die Bewohnerinnen und Bewohner von Rocky Beach erfährt«, knurrte Peter.

Die drei ??? radelten weiter und bald war der Mann mit dem Hund wieder in Sichtweite. Doch plötzlich stutzte Justus. »Moment mal! In dieser Straße wohnt doch Kommissar Reynolds.« Tatsächlich stand der Mann mit seinem Hund unmittelbar vor dem Haus des Kommissars im Schatten eines großen Baumes und musterte die Gegend. Doch genau in diesem Augenblick kam der Kommissar in seinem Dienstwagen um die Ecke gefahren. Er sah die drei ??? mit ihren Fahrrädern sofort, hielt an und

CA-RB 110

winkte ihnen durchs offene Fenster zu. »Nanu, wollt ihr zu mir, liebe geheime Spezialeinheit?«, rief er. »Habt ihr etwas über den Diebstahl herausgefunden?«

»Oh nein«, stöhnte Justus. »Hoffentlich hat uns der Zeichengeber nicht bemerkt.« Doch es war schon zu spät. Der Mann im grauen Anzug hatte sich umgewandt und starrte die drei ??? an.

Genialer Trick

Der Kommissar lachte. »Also, was treibt ihr hier, Jungs?«, rief er den drei ??? zu. »Kommt ihr, um –«

»Guten Tag, Sir!«, unterbrach ihn Justus laut. Dann zischte er Peter leise zu: »Behalte den Gauner im Auge. Wir müssen wissen, was er tut.« Justus radelte auf den Kommissar zu und bremste direkt neben dem Polizeiwagen. »Lassen Sie sich bitte nichts anmerken, Kommissar Reynolds«, flüsterte er. »Wir sind dabei, den eventuellen Zeichengeber der Diebesbande zu beobachten. Er verteilt gerade überall Gaunerzinken.«

Der Kommissar schnappte nach Luft. »Gaunerzinken? Hier bei mir in der Straße?«

»Im ganzen Viertel«, sagte Justus rasch. »Aber er darf nicht merken, dass wir ihm nachspionieren, denn dann vertreiben wir ihn. Wir sind sicher, dass hinter ihm eine ganze Bande steht. Vermutlich die Einbrecher von gestern in der Villa Framham. Wenn der Verdächtige uns jetzt entwischt, kommen wir der Sache vielleicht nie auf die Spur. Tun Sie also bitte so, als ob Sie und wir uns nicht weiter kennen.«

Der Kommissar nickte knapp. Dann zog er plötzlich eine böse Miene und rief laut: »Also, Jungs, wie oft habe ich euch schon ermahnt, dass ihr mit den Fahrrädern nicht auf dem Bürgersteig fahren dürft und auch keine Schlangenlinien auf der Straße! Das verstößt gegen die Verkehrsordnung.«

Justus setzte nun seinerseits ein breites Grinsen auf. »Ja, das wissen wir, Sir«, rief er. »Aber auf dem Gehweg macht es einfach mehr Spaß zu radeln. Man kann im Vorüberfahren Äste von den Bäumen reißen und damit Hunde erschrecken. Und Schlangenlinien auf der Straße zu fahren, ist cool!«

Kommissar Reynolds stieg aus seinem Wagen und baute sich breitbeinig vor den drei Jungen auf. »Ich werde mit euren Eltern ein ernstes Wort zu reden haben«, schimpfte er und blickte jetzt noch grimmiger drein. »Das nächste Mal zahlt jeder von euch zehn Dollar Strafe.«

Justus warf Peter einen unauffälligen Blick zu. »Der Mann scheint sich über die Szene mit der Polizei zu amüsieren«, flüsterte dieser. »Er hat gerade eben vergnügt gelacht.«

»Dann haben wir genug Theater gespielt«, nickte Justus zufrieden. »Sir«, flüsterte er Reynolds zu, »ich

schlage vor, Sie gehen jetzt in Ihr Haus. Ich habe gelesen, dass Diebe, die Gaunerzinken verwenden, auch ein Zeichen dafür haben, wenn ein Polizist in einem Haus wohnt. Ich bin gespannt, ob der Mann dieses Zeichen bei Ihnen anbringen wird.«

Der Kommissar schüttelte verwirrt den Kopf und murmelte: »Mit so etwas hatte ich bisher noch nie zu tun. Geheime Zeichen an Zäunen und Häusern, so etwas! Ein Glück, dass ihr so gut informiert seid.« Er drohte Justus, Peter und Bob noch einmal theatralisch mit erhobenem Zeigefinger, sprang dann in seinen Wagen und bog in seine Hauseinfahrt. Dort parkte er den Dienstwagen, stieg aus und ging zur Tür. Kurz darauf war er in seinem Haus verschwunden.

Die drei ??? steckten die Köpfe zusammen und taten so, als würden sie sich über das eben Geschehene wütend unterhalten. »So ein Mist!«, schimpfte Bob. »Jetzt hat der uns schon wieder erwischt.« Peter ballte die Faust. »Neulich hat er meinem Vater gepetzt, dass ich auf dem Bürgersteig gefahren bin. Das gab einen Riesenärger!«

»Blöder Bulle«, ächzte Justus laut, und leise fragte er: »Was macht unser Verdächtiger jetzt, Peter?« Sein Freund warf einen unauffälligen Blick auf den Mann im grauen Anzug. »Tatsächlich! Er hat gerade mit Kreide ein Zeichen an Kommissar Reynolds' Gartenzaun gemalt.«

»Wir sind jetzt schon eine ganze Weile hinter ihm her«, meinte Bob irritiert. »Wie lange will der eigentlich noch Gaunerzinken verteilen?«

Es war, als hätte Bob es geahnt, denn in diesem Moment drehte der Mann sich um und lief ein paar Schritte weiter. Am Straßenrand parkte ein Motorrad mit einem Beiwagen. Er bückte sich, hob seinen kleinen Hund hoch und setzte ihn in den Beiwagen. Dann stieg er selbst aufs Motorrad, startet den Motor und fuhr davon.

»Der hat genau vor Kommissar Reynolds' Haus geparkt«, staunte Peter. »Aber jetzt haben wir ihn verloren.«

»Ihn ja«, meinte Justus gelassen, »aber wir wissen, wo er seine Zeichen angebracht hat.«

Bob nickte. »Ich habe jedes einzelne Zeichen abgezeichnet und jede Adresse notiert, wo er eines hinterlassen hat.«

Justus klopfte Bob anerkennend auf die Schulter. »Dann lasst uns jetzt prüfen, was für ein Zeichen er an den Gartenzaun des Kommissars gemalt hat.«

Die drei ??? liefen zum Haus. Diesmal handelte es sich um ein Zeichen mit Wachsmalkreide, das mit bloßem Auge so kaum zu erkennen war. Doch mithilfe von Taschenlampe und Schattenwurf entdeckten sie die Markierung. Sie sah aus wie zwei kleine schräg gestellte Tannenbäumchen. »Das bedeutet *aktive Polizisten*«, erklärte Justus.

Peter schluckte. »Jetzt weiß also jeder Dieb, wo der Kommissar unseres Städtchens wohnt.«

»Theoretisch schon«, lächelte Justus, »aber praktisch könnten wir die Diebe durchaus ein wenig in die Irre führen. Wir besitzen doch auch eine Schachtel mit Kreide, und Zweige abreißen oder Papierflieger falten können wir sowieso. Oder seht ihr das anders, Freunde?«

Bob verzog den Mund zu einem breiten Grinsen. »Just, das ist eine geniale Idee!«

»Was für eine Idee?«, fragte Peter verdutzt. »Sollen wir jetzt etwa auch Leute ausspionieren?«

Bob und Justus lachten laut. »Nein, wir bleiben auf der Seite der Gerechtigkeit«, rief Justus dann mit Bestimmtheit.

»Oh, alles klar!« Peter sah auf das Zeichen am Gartenzaun und nickte. »Jetzt verstehe ich. Ein Kreidezeichen lässt sich ja ganz leicht wegwischen und durch ein anderes ersetzen. Und ein gefalteter Papierflieger lässt sich in der Mülltonne entsorgen oder an eine andere Stelle stecken ...«

»Genau«, stimmte Justus zu. »Oder anders gesagt: Ein Zeichengeber kann durch einen anderen Zeichengeber in der Wirksamkeit seiner Zeichensetzung erheblich beeinflusst werden.«

Peter verdrehte die Augen. »Richtig, Herr Professor Jonas. Und ich würde sogar sagen, der eine Zeichengeber kann tatsächlich durch *drei* andere Zeichengeber noch viel erheblicher in der Wirksamkeit seiner

Taten beeinflusst werden. So spricht Herr Professor Shaw.« Peter hob eine Hand und klatschte seine beiden Freunde ab.

Dann klingelten die drei ??? an Kommissar Reynolds' Haustür, um ihm zu sagen, was sie gesehen hatten und was sie jetzt planten.

Detektivplan

Die drei Detektive hatten sich in die Kaffeekanne zurückgezogen. Sie wollten einen genauen Plan schmieden und sich mit den notwendigen Ausrüstungsgegenständen eindecken. Bei der *Kaffeekanne* handelte es sich natürlich nicht wirklich um eine Kaffeekanne, sondern um das Geheimversteck der drei ???, nämlich einen ausgedienten Wassertank für Dampflokomotiven. Dieser stand an einer stillgelegten Bahnstrecke, die aus Rocky Beach hinaus durch ein großes Waldgebiet bis zu einem verlassenen Bergwerk führte. Auf seinen hölzernen Beinen und mit dem alten Befüllrohr an der Seite, über welches das Wasser früher in die Tender der Lokomotiven gefüllt worden war, erinnerte der hölzerne Tank tatsächlich ein wenig an eine alte Kaffeekanne.

In ihrem Geheimversteck bewahrten Justus, Peter und Bob den Großteil ihrer Detektivausrüstung auf. Dazu gehörten nicht nur Lupen in verschiedenen Größen, Fingerabdruckpulver, diverse Notizbücher, Taschenlampen, Seile und Spiegel, sondern auch viele weitere nützliche kleine und größere Dinge. Manches davon hatten die Freunde auf Onkel Titus' Schrottplatz gefunden. Wenn ihnen dort etwas zwischen die Finger kam, von dem sie glaubten, es einmal brauchen zu können, wanderte es unbemerkt ins Geheimversteck. So gab es dort zum Beispiel mehrere Paar alter Schuhe, mit denen man sehr gut falsche Fußabdrücke hinterlassen konnte, und auch das ein und andere Kleidungsstück, wie Sonnenbrille und Hut, das sich zur Tarnung einsetzen ließ.

Nachdem die drei Jungen ihren Plan besprochen hatten, überlegte Bob: »Was brauchen wir für die heutige Aktion?« Er musterte die Kisten und Regale.

»Kreide natürlich«, sagte Peter.

»Ja, und zwar gelbe Tafelkreide«, stimmte Bob zu. »Denn die hat auch unser Gauner benutzt. Und außerdem Wachsmalkreiden!« Justus griff in einen alten Obstkarton, in dem die drei ??? Papier, Stifte und verschiedene Kreidestücke aufbewahrten. Er hatte schnell gefunden, was er suchte. »Hier, dieser Wachsstift ist hell und sollte im Dunkeln unter dem richtigen Licht zu sehen sein.« Er griff nach einer Taschenlampe, machte einen Strich an die Wand der Kaffeekanne und leuchtete dann auf das bis eben noch unsichtbare Wachs. Im Licht der Lampe war es deutlich zu erkennen.

»Das funktioniert fast genauso gut wie Orangensaft unter UV-Licht«, grinste Bob.

»Damit werden wir die falsche Spur legen«, erklärte Justus zufrieden. Er sah sich in der Kaffeekanne um. »Den Rest des Materials, das wir für unsere Aktion brauchen, haben wir allerdings nicht hier. Dafür müssen wir zum Schrottplatz.«

»Dann aber nichts wie los«, rief Peter ungeduldig. »Es ist schon später Nachmittag, und wir haben noch einiges zu erledigen.«

Beim Schrottplatz von Justus' Onkel angekommen, versorgten sich die drei ??? mit allem, was sie noch benötigten. »Die Bastmatten da drüben sind passend«, verkündete Justus. »Sie sind leicht und stabil genug, um die nötige Abdeckung herzustellen.«

»Dann brauchen wir jetzt aber noch etwas, um die Matten am Rand zu beschweren«, meinte Bob.

»Ich denke, das werden wir vor Ort finden«, sagte Peter. »Die alte Werkstatt steht noch nicht lange leer, da liegt ziemlich viel kaputtes Zeug herum. Gut, dass du darauf gekommen bist, Just.«

»Ja«, nickte der Anführer der drei ??? zufrieden, »Onkel Titus hat vor ein paar Wochen mehrere alte Werkzeuge aus dieser Werkstatt mitgebracht, und ich habe ihm beim Ausräumen ge-

holfen. Daher weiß ich, dass Mr Hammerschmidt umgezogen ist. Und du hast recht, Peter, eine Menge alter Autoreifen und andere Schrottteile sind dort noch vorhanden.« Er rollte die Bastmatten zusammen und verstaute sie in seinem Rucksack.

»Unsere Eltern sind informiert, dass jeder von uns heute Nacht bei einem der anderen schläft. Auf diese Weise macht sich keiner der Erwachsenen Sorgen.« Mit diesen Worten schulterte Bob seinen Rucksack.

Peter grinste. »Ich habe meinem Vater erzählt, dass wir so viel auf dem Schrottplatz aufzuräumen haben, dass ich heute hier übernachten *muss*.«

Bob sah ihn erstaunt an. »Genau das habe ich meiner Mutter auch gesagt, und sie war ganz angetan davon, wie fleißig wir drei Mrs und Mr Jonas helfen.«

»Trotzdem legen wir, wie immer bei nächtlichen Sonderaktionen, einen Zettel unter unsere Kopfkissen, wo wir *wirklich* zu finden sind. Falls etwas schiefgeht«, mahnte Justus.

»Natürlich«, bekräftigte Bob.

»Selbstverständlich«, erklärte Peter.

»Dann haben wir alles, was wir brauchen«, meinte Bob.

Doch Justus winkte ab. »Nein, eine Frage bleibt noch. Ich denke nicht, dass die Grube tief genug ist, um einen oder mehrere Diebe dauerhaft aufzuhalten. Wir brauchen noch etwas, um die Gauner darin festzuhalten.«

Peter schluckte. »Aber Kommissar Reynolds hat doch gesagt, dass er rechtzeitig dazukommen wird?!«

»Ja«, bestätigte Justus. »Und auch Sergeant Bofinger kehrt heute Abend nach Rocky Beach zurück, sodass Reynolds Verstärkung hat. Trotzdem wäre es mir lieber, auf Nummer sicher zu gehen.«

Bob hob die Hand. »Just, hat dein Onkel nicht neulich aus einem alten Zirkus ein paar Dinge mitgebracht, die ein Dompteur bei seiner Show benutzt?«

Justus lachte auf. »Super Idee! Du meinst die Peitsche und die Stangen, mit denen sich die Zirkushelfer in der Not die wilden Tiere vom Leib halten. Die sehen aus wie Ritterlanzen.«

Bob nickte. »Die Dinger sind genau richtig!«

Nachdem die Freunde auch diese Ausrüstungsgegenstände zusammengesucht hatten, machten sie sich auf den Weg zu Hammerschmidts ehemaliger Autowerkstatt. Dort angekommen luden sie alles ab und bereiteten ihre Einbrecherfalle vor. Auf der einen Seite der Werkstatt befand sich nämlich eine tiefe Grube, über welche die Autos gefahren worden waren, damit Mr Hammerschmidt von unten gut an ihnen arbeiten konnte. Diese Grube deckten die drei ??? nun sorgfältig mit den mitgebrachten Bastmatten ab. Dann beschwerten sie diese am Rand auf der einen Seite der Grube mit einem schweren Stahlträger, den sie mühsam aus einer Ecke herbeischleppten. An den anderen drei Seiten dienten ihnen mehrere alte Autoreifen als Gewichte.

»Jetzt müssen wir nur noch dafür sorgen, dass

unsere ungebetenen Gäste auch genau dorthin gehen, wo wir sie haben wollen«, meinte Bob.

»Eigentlich sind es ja eher gebetene Gäste«, lachte Justus. »Und hier haben wir auch den Lock-

vogel!« Er deutete auf einen uralten Tresor, der an einer Wand stand. »Ich wusste, dass Mr Hammerschmidt diesen alten Geldschrank hat. Onkel Titus wollte ihn erst auch mitnehmen, aber er war ihm zu schwer. Zum Glück steht er genau richtig an der Wand hinter unserer kleinen Tigerfalle. Wir schichten einfach noch ein paar Reifen und etwas Gerümpel so auf, dass der direkte Weg zum Tresor genau über die abgedeckte Grube führt.«

Die nächste Stunde arbeiteten die drei ??? wie besessen. Sie rollten alte Reifen und schoben kaputte Stühle so in den Weg, dass jeder, der zum Geldtresor wollte, über die Bastmatten laufen musste. »Fertig«, rief Peter endlich und wischte sich den Schweiß von der Stirn. »Und zum Glück sind noch genug alte Reifen übrig, dass wir dahinter in Deckung gehen können.«

»Das ist wirklich eine wunderbare Wand aus Gummi«, stimmte Justus zu. »Und außerdem sind ja Reynolds und Bofinger später auch noch da, falls wir tatsächlich entdeckt werden sollten.«

»Ja«, sagte Bob, »es kann gar nichts schiefgehen. Lasst uns zum zweiten Teil unseres genialen Plans schreiten.«

»Der eigentlich der erste ist, wenn man es aus der Perspektive der Gauner betrachtet«, meinte Justus. Er zog das Buch mit den Gaunerzinken aus seinem Rucksack. »Auf geht's, Freunde.«

Diebesfalle

Bewaffnet mit Bobs Aufzeichnungen und dem Buch mit den Gaunerzinken machten sich die drei ??? auf den Weg durch das Villenviertel von Rocky Beach. Haus für Haus und Zaun für Zaun klapperten sie sämtliche Stationen ab, an denen der Zeichengeber der Diebesbande seine Markierungen angebracht hatte – und veränderten sie. Aus *Günstig für Diebstahl* wurde *Hier wohnen arme Leute*. Aus *Aktive Polizisten* wurde *Bereits beraubt*. Aus *Fette Beute* wurde *Achtung, bissiger Hund*. Und aus *Krank spielen* wurde *Achtung, brutaler Hausbesitzer*.

»Wunderbar«, sagte Peter schließlich zufrieden. »Damit hat sich Rocky Beach laut Gaunerzinken in ein für Diebe wirklich gefährliches und extrem ungünstiges Pflaster verwandelt.«

»Zwei Probleme bleiben aber noch«, meinte Bob. »Erstens müssen wir hoffen, dass der Zeichengeber nicht mit den anderen Dieben gemeinsam unterwegs ist.«

»Das halte ich für ausgeschlossen«, erklärte Justus. »Die ganze Idee der Gaunerzinken beruht auf zwei Gruppen, die getrennt voneinander arbeiten. Der Zeichengeber geht tagsüber herum, wenn er die Häuser gut ausspähen kann. Und nachts kommen dann die Einbrecher, welche die Gaunerzinken lesen. Wenn der Zeichengeber nachts mitkommen würde, könnte ihn jemand erkennen. Das wäre gefährlich für die ganze Bande.«

»Das war aber bei der Villa der Framhams nicht so«, wandte Peter ein. »Der Einbruch fand am helllichten Tag statt.«

»Weil die Villa einsam liegt und ganz für sich steht«, erklärte Justus. »Da dachten die Diebe vermutlich, sie könnten jederzeit eindringen. Aber hier im Villenviertel von Rocky Beach geht das nicht.«

»Bleibt noch das zweite Problem«, brachte Bob ein. »Wir müssen davon ausgehen, dass der Zeichengeber seiner Bande mitgeteilt hat, wo sie mit Suchen anfangen und welche Strecke sie ablaufen sollen. Und Hammerschmidts verlassene Werkstatt mit unserer Falle liegt nicht auf dieser Strecke.«

»Richtig«, bestätigte Justus. »Deswegen habe ich mir gedacht, wir benutzen ein ganz besonderes Zeichen, um die Diebe hierherzulocken.«

»Und was soll das für ein Zeichen sein?«, fragte Peter skeptisch.

»Sergeant Bofinger und Kommissar Reynolds«, erklärte Justus. »Die beiden werden sich auf der Straße treffen und es hoffentlich schaffen, die Gauner genau abzupassen. Natürlich werden die Diebe ziemlich frustriert sein, dass es in Rocky Beach so gar nichts zu holen gibt und alle Gaunerzinken sie vor Einbrüchen warnen. Dann wird Reynolds Bofinger laut erzählen, dass er einen Mann mit einem kleinen Hund beobachtet hat, der sich an der Werkstatt von Mr Hammerschmidt herumgetrieben hat und dass Hammerschmidt ja im Moment in Urlaub sei. Und dann weiter, dass er gleich nachgeschaut habe, aber niemand zu sehen war und alles in Ordnung sei. Mit ein bisschen Glück hören die Gauner das und machen sich in der Hoffnung auf einen gelungenen Einbruch auf den Weg zur Hammerschmidt-Werkstatt.«

»Und an die Tür malen wir noch das Zeichen *Fette Beute*«, sagte Peter zufrieden. Die drei ??? klatschten sich ab und kehrten zurück in die Werkstatt, wo sie ihr Nachtlager einrichteten.

Eine Stunde nach Einbruch der Dunkelheit klingelte Bobs Telefon. Er nahm ab und schaltete den Lautsprecher ein. »Guten Abend, meine liebe geheime Spezialeinheit.«

»Hat alles geklappt, Sir?«, fragte Justus aufgeregt.

»Ja«, verkündete der Kommissar. »Ihr hattet vollkommen recht. Bofinger und ich haben vor zehn Minuten zwei ziemlich unzufriedene, uns unbekannte Männer auf der Straße ausgemacht. Wir haben beobachtet, dass sie Mauern und Zäune abgesucht haben. Bofinger und ich haben uns dann geschickt postiert und unser kleines Theaterstück aufgeführt. Die Männer waren nicht besonders erfreut, unsere Polizeiuniformen zu sehen, haben aber versucht, sich nichts anmerken zu lassen. Jetzt sind die beiden eindeutig auf dem Weg zu euch.« Der Kommissar holte hörbar Luft. »Passt in den nächsten Minuten gut auf euch auf. Wir kommen erst, wenn die Diebe in eurer Falle gelandet sind. Auf keinen Fall werden Bofinger und ich sie mit dem Polizeiwagen überholen, denn das würde den Plan zum Scheitern bringen. Das habe ich gestern Morgen begriffen.«

»Absolut richtig, Sir«, lachte Bob. »Wir sind bereit.« Er schaltete das Handy aus.

»So weit, so gut«, meinte Justus. »Jetzt heißt es geduldig sein.« Die drei ??? zogen sich hinter den großen Stapel alter Autoreifen zurück und harrten der Dinge, die da kommen würden. Durch ein schmutziges Oberlicht fiel schwacher Mondschein in die Werkstatt. »Dieses Warten ist schrecklich«, flüsterte Peter. »Wenn sie nicht kommen, war der ganze Plan umsonst.«

In diesem Moment erklang ein leises Klappern an der Werkstatttür. Justus legte einen Finger an die Lippen. Gleich darauf wurde die Tür aufgedrückt und Schritte waren zu hören. Dann wanderte der Lichtstrahl einer Taschenlampe durch den Raum. »Da!«, zischte eine Stimme. »Spähvogel hat ganze Arbeit geleistet. Es gibt tatsächlich einen Safe.«

»Und der Werkstattbesitzer ist in Urlaub, das haben die Polizisten sich erzählt«, gab eine zweite Stimme zurück. »Da haben wir alle Zeit der Welt, das Ding zu knacken.«

Der erste Sprecher lachte leise. »Spähvogel ist der beste Kundschafter, den wir je hatten.«

»Ja, sein Trick mit dem Hund ist wirklich gut. Und jetzt komm, Kralle, knacken wir das Ding.«

Die drei ??? lauschten gespannt. Wieder waren Schritte zu hören. Justus blickte zu Peter und Bob. Er hob den Daumen und zählte lautlos: Eins. Dann folgten der Zeigefinger für die Zwei und der Mittelfinger für die Drei …

Im nächsten Moment war ein lautes Krachen zu hören, dem ein noch lauteres Fluchen folgte. »Hey! Was ist das?« – »Verdammt!« – »Oh nein! Halt mich fest, Kralle!« Doch es war zu spät. Die beiden Gangster saßen in der Falle.

Justus, Peter und Bob griffen sich die Raubtierpeitsche und die Stangen der Dompteure und traten hinter der Wand aus Gummireifen hervor. Auf dem Grund der Fallgrube zappelten die beiden Einbrecher wie zwei Käfer auf dem Rücken.

Die drei Dompteure

Justus schaltete seine Taschenlampe an und beleuchtete die Männer in der Werkstattgrube. Entsetzt blickten die beiden Gauner zu den drei ??? hinauf. »Was soll das?«, keuchte einer von ihnen. Es war Kralle. Dieser war, wie jetzt im Lichtschein zu erkennen war, lang und dünn und hatte ein schmales Gesicht, das zu einer entsetzten Miene verzogen war. Neben ihm lag ein zweiter Mann, ein großer, muskulöser Kerl.

»Meine Herren, Sie sind am Ende Ihrer Diebestour angekommen«, erklärte Justus. »Willkommen in Hammerschmidts alter Autogrube.«

»Ach, Jungchen«, fauchte der Muskulöse böse. »Drei Kinder, zwei erwachsene Männer! Ihr glaubt doch nicht wirklich, dass ihr eine Chance gegen uns habt!« Er begann sich langsam in der Grube aufzusetzen.

»Vorsicht!« Justus hob die Peitsche und ließ sie einmal kräftig knallen. »Damit werden normalerweise Löwen und Tiger gebändigt. Sie beide sehen allerdings nicht so kräftig und geschmeidig aus wie diese ehrwürdigen Raubkatzen.«

Die beiden Männer fuhren zusammen. »Ihr werdet uns doch nicht schlagen?!«, rief der dünne Kralle ängstlich.

»Natürlich nicht!« Der Muskulöse hatte seinen Schreck überwunden und stand nun aufrecht in der Grube. Sein Kopf reichte nicht ganz bis zum Rand der Vertiefung, aber wenn er die Hände ausstreckte, konnte er diesen erreichen. »Wir klettern jetzt hier raus, Kralle, und die Jungen werden nichts dagegen tun.«

»Alles klar, Nachteule!« Kralle erhob sich ebenfalls.

In diesem Moment bewegte Peter seine lanzenartige Stange. »Damit hält man sich normalerweise einen wilden Elefanten vom Leib, Mr Nachteule und Mr Kralle. Und Sie beide sind um einiges kleiner als ein wilder Elefant!«

»Und um einiges harmloser, da unten in diesem

schmutzigen Loch noch dazu!« Bob hob seine Stange ebenfalls in die Luft.

Der dünne Kralle zuckte zurück. Nachteule aber brüllte: »Los, du Memme! Pack einfach die Stangen und den Lederriemen der Peitsche und zieh die Jungs in die Grube hinunter. Wir drehen den Spieß um!« Kralle sprang hoch und griff nach dem Lederstrang. Justus zog die Peitsche im letzten Moment zurück. Doch jetzt lagen Nachteules Hände auf dem Grubenrand und er machte Anstalten, sich in die Höhe zu ziehen. Peter und Bob sahen sich erschrocken an. »Ich kann dem doch nicht mit der Stange auf die Finger schlagen«, flüsterte Bob. Im selben Augenblick ließ Justus die Peitsche so heftig vor Nachteules Kopf knallen, dass dieser zurückzuckte. »Sie haben Glück, dass die Polizei sich gleich um Sie kümmern wird, meine Herren«, sagte der Anführer der drei ??? gelassen. »Sonst würden Sie nämlich die unangenehme Bekanntschaft mit dieser Dompteurausrüstung machen, und das gewiss mit einer unangenehmen Erinnerung.«

In diesem Moment öffnete sich die Tür der Werkstatt und schnelle Schritte ertönten. »Immer mit der Ruhe!« Kommissar Reynolds betrat Hammerschmidts Werkstatt, gefolgt von Sergeant Bofinger. »Bleiben Sie nur ruhig in der Grube, meine Herren. Ich bin hier mit meinen drei jungen Freunden verabredet, die Sie freundlicherweise empfangen haben, nachdem sie bereits Ihren freundlichen Helfer mit dem kleinen Hund in der Stadt genau beobachten konnten.«

»Und unterschätzen Sie diese drei Jungen nicht«, knurrte Bofinger. Er sah die beiden Männer in der Grube grinsend an. »Sie sind den dreien nämlich gewaltig auf den Leim gegangen, ihrer sorgfältig gelegten Spur bis hierher gefolgt und wie geplant in die Falle getappt.«

Reynolds zückte zwei Paar Handschellen. »Glauben Sie wirklich, dass meine geheime Spezialeinheit Ihnen nicht ein bisschen auf die Finger klopfen würde, um Sie am Herausklettern zu hindern?«

Bofinger nahm Bob die Stange aus der Hand. »Ich

übernehme das ersatzweise sehr gerne«, ließ er sich vernehmen. Sonnengebräunt stand er in seiner Uniform vor den beiden Gaunern. »Da ich gerade aus dem Urlaub zurückgekommen bin, fühle ich mich bestens ausgeruht, voller Kraft und Tatendrang.«

Kommissar Reynolds lachte leise. Er ließ sich von Peter die zweite Stange geben und warf den Jungs die Handschellen zu. Dann rief er in die Grube hinunter: »Hände auf den Rücken! Und dann wartet ihr schön auf das *Klick*!«

Die Diebe sahen den Kommissar niedergeschlagen an. In ihren Gesichtern war zu lesen, dass sie begriffen hatten, dass das Spiel aus war. Sie taten wie geheißen und gleich darauf klickten die Handschellen um ihre Handgelenke. »Sehr gut, meine Herren«, verkündete Reynolds. »Und jetzt gebe ich das Wort gerne noch einmal an meine Spezialeinheit. Ich denke, diese Männer können euch nun noch Rede und Antwort stehen.«

»Danke, Sir!«, erwiderte Justus. Der Anführer der drei ??? musterte den Boden von der Tür der Werkstatthalle bis zur Grube und warf dann einen Blick auf die Schuhe der beiden Gauner. Zufrieden fuhr er fort: »Wir brauchen noch den Dritten der Bande, genannt Spähvogel. Wir brauchen ihn, weil er die Ziele ausbaldowert und mit Gaunerzinken markiert und weil er einen unschuldigen Hund für seine fiesen Taten missbraucht hat. Dieser Hund muss ihm weggenommen werden und ein besseres Zuhause finden.« Justus wandte sich wieder den beiden Dieben zu. »Sie stehen jetzt vor der Wahl, uns sofort zu sagen, wo wir Spähvogel finden oder –«

»Hahaha!«, erscholl lautes Gelächter. »Niemals geben wir sein Versteck preis. Da könnt ihr mit uns machen, was ihr wollt. Wir haben schließlich Gaunerehre im Leib«, wetterte Nachteule. Kralle neben ihm nickte unsicher.

»Sie hätten mich aussprechen lassen sollen«, sagte Justus ruhig. »Denn in diesem Fall bleibt uns nichts anderes übrig, als dass *wir* Ihnen sagen, wo er sich befindet.« Er richtete den Strahl seiner Taschenlampe auf die Schuhe der Diebe. »Seht ihr auch, was ich sehe, Freunde?« Peter blickte genauer hin und lächelte. »In der Tat«, triumphierte er. Bob folgte Peters Beispiel. »Deutliche Spuren«, verkündete er dann. »Und das auch noch in einer so verräterischen Farbe!«

Der Kommissar und Bofinger sahen sich erstaunt an. Dann musterten auch sie das Schuhwerk der Gauner. Im nächsten Moment lachte Bofinger laut los. »Natürlich!«, rief er. Reynolds nickte beeindruckt. »Was für eine Beobachtungsgabe.«

»Ganz genau«, verkündete Justus. »Meine Herren Diebe«, sagte er dann. »Sie wollen uns nicht sagen, wo Spähvogel sich befindet? Nun, *wir* können es Ihnen sagen. Wollen Sie wirklich schweigen? Auf diese Weise vergeht auch Ihre letzte Chance auf ein wenig mildernde Umstände.«

»Hahaha«, rief Nachteule. »Du glaubst doch nicht wirklich, dass du uns mit so einem Trick hereinlegen kannst, Jungchen. Ihr habt doch keine –«

Justus wandte sich Kommissar Reynolds zu und unterbrach den Muskulösen mitten im Satz. »Sie sollten die beiden jetzt mitnehmen, Sir. Um den dritten Mann kümmern wir uns. Und es wird auch kein Problem sein, ihn zu Ihnen zu bringen, denn er wird freiwillig kommen.«

Der Kommissar lächelte. »Ja«, stimmte er dann zu. »Jeder in Rocky Beach weiß, woher diese Farbe stammt. Ich verlasse mich auf euch.«

»Köpfchen statt Gewalt«, sagte Justus. »Wenn Sie uns dazu bitte nur noch einen Ausrüstungsgegenstand mitgeben würden, Sir ...«

Eisenhain

Es war spät in der Nacht, als die drei ??? bei dem kleinen Wäldchen eintrafen, das jeder in Rocky Beach als den *Eisenhain* kannte. Hier traten Mineralien aus der Erde, besonders Eisen, welches den Boden deutlich rot färbte. »Genauso rot waren die Fußspuren und das Schuhwerk der Gangster«, meinte Bob.

»Richtig«, bestätigte Justus. Er musterte das Wäldchen. »Normalerweise ist das hier ein sehr schöner Platz zum Ausruhen, Spielen und Picknicken.«

»Aber unter den dichten Bäumen ist es natürlich auch ein schöner Platz, um sich vor neugierigen Blicken zu verstecken. Denn im Sommer kommt kaum jemand hierher«, meinte Peter. »Sobald die ersten warmen Sonnenstrahlen rauskommen, gehen die Leute lieber ans Meer.«

»Zum Glück ist der Eisenhain nicht groß«, sagte Bob. »Da sollten wir unseren Mr Spähvogel schon finden.«

»Und denkt an den Hund«, mahnte Justus. »Ihm darf nichts geschehen. Er braucht ein friedliches neues Zuhause.«

»Ich wüsste auch schon, wo«, nickte Peter. »Die Frau, bei der Spähvogel *krank spielen* angezeichnet hat, war doch ganz begeistert von dem Kleinen. Ich bin sicher, sie wird das Hündchen gerne zu sich nehmen.«

Leise schlichen die drei ??? in den kleinen Wald. Der weiche Boden unter ihren Füßen schluckte jedes Geräusch. Vorsichtig bogen sie im matten Mondlicht Zweige aus dem Weg und wichen geschickt den dunklen Baumstämmen aus. Dann erklang auf einmal ein leises Knistern und Knacken. »Klingt nach einem Feuer«, flüsterte Peter.

»Es riecht auch nach Feuer«, sagte Bob und deutete geradeaus. Zwischen einigen schmalen Stämmen flackerte ein Lagerfeuer in der Dunkelheit. »Da grillt sich einer sein spätes Abendessen«, murmelte Justus. »Es riecht nämlich auch nach Würstchen.«

Im nächsten Moment erklang ein leises Jaulen. »Wo ein Hund ist, ist auch das Herrchen nicht weit«, flüsterte Bob. Die drei ??? schlichen auf das Feuer zu. Gleich darauf erblickten sie durch die Zweige eines Busches Spähvogel, der am Feuer saß und sich an einem Stecken ein Würstchen grillte. Neben ihm saß der kleine Hund und winselte hungrig. »Erst ich«, sagte der Mann. »Erst isst der Mensch, dann das Tier.« Der Hund winselte wieder leise.

»Peter, du bist dran«, sagte Justus.

»Dann kommt heute einmal das Tier vor dem Menschen dran«, grinste sein Freund vergnügt. Er zog einige fette Würste aus der Tasche, die er mitgebracht hatte. Gleichzeitig holte Bob ein Seil aus seinem Rucksack und spannte es gemeinsam mit Justus auf. »Dann los!«, gab Bob das Kommando. Peter stieß einen leisen Pfiff aus und wedelte mit den

Würsten vor sich in der Luft. Der kleine Hund sah auf und schnupperte. Im nächsten Augenblick drehte er sich um und lief durchs Gebüsch auf Peter zu.

»Hey, wo willst du hin, Fido! Bei Fuß! Ich brauche dich noch!« Der Mann sprang auf. »Bei Fuß! Hau mir bloß nicht ab!« Spähvogel lief dem Tier nach. Peter ging schnell einige Schritte rückwärts, und der Hund lief weiter auf ihn zu. »Komm, Kleiner, komm!« Er lief um das gespannte Seil herum und blieb neben einem Baum stehen. Hungrig schnappte der Hund nach der Wurst.

Im nächsten Moment tauchte Spähvogel zwischen den Bäumen auf. »Fido!«, rief er laut. »Bei Fuß! Fido …« Sein Blick fiel auf Peter. »Was …?«

»Hallo«, grinste Peter.

Spähvogel machte einen Satz auf den Jungen zu. Doch mit dem nächsten Schritt stolperte er über das aufgespannte Seil in Bobs und Justus' Händen. Und im nächsten Moment warf sich Justus bereits auf den Oberkörper und Bob auf die Beine des Mannes. Gleich darauf legten sie dem Zeichengeber die Handschellen an, die der Kommissar ihnen mitgegeben hatte.

»Guten Abend, Mr Spähvogel«, ließ sich Justus vernehmen. »Wir bringen Sie jetzt zu Kralle und Nachteule. Ihr gemeinsamer Plan ist schiefgegangen. Sie alle drei werden die nächsten Tage zunächst hier in Rocky Beach im Gefängnis verbringen und dann nach Los Angeles überstellt werden, wo Sie Ihre weitaus längere Reststrafe absitzen können.«

»Verflucht noch mal! Was soll der Blödsinn?«, schimpfte der Mann.

»Sie sind der Zeichengeber der Bande«, sagte Justus. »Wir haben Sie beobachtet und erkannt.«

»Ich bin ein friedlicher Wanderer!«

»Nein«, antwortete Peter. Er hielt den Hund jetzt auf dem Arm und drückte ihn fest an sich. »Der kleine Fido kommt nicht ins Gefängnis, sondern in gute Hände. Und Sie werden jetzt friedlich mitgehen zum Polizeirevier. Wir kennen alle Ihre Gaunerzinken und Ihre Kumpane sitzen bereits ein.«

Spähvogel biss sich unglücklich auf die Lippen. »Na gut, ich bin enttarnt.« Er deutete auf ein Zelt, das sich hinter dem Feuer in der Dunkelheit abzeichnete. »Da ist die Beute der letzten Wochen drin. Übergebt sie der Polizei. Vielleicht macht das die Strafe kürzer.«

»Vielleicht ein wenig«, sagte Justus. Er ging auf das Feuer zu und trat es aus. Dann machten sich die drei ??? mit dem Gauner im Schlepptau und dem Hund im Arm auf den Weg zur Polizeistation.

Als Onkel Titus am nächsten Morgen auf der Veranda des jonasschen Wohnhauses die Zeitung aufschlug, machte er große Augen. »Justus«, rief er seinem Neffen zu, der leicht verschlafen am Frühstückstisch saß und heißen Kakao schlürfte.

»Hast du das gelesen?« Der Schrotthändler korrigierte sich sofort. »Quatsch, das kannst du ja noch gar nicht gelesen haben, denn schließlich halte ich die Zeitung in meinen Händen. Aber hast du vielleicht schon davon gehört?«

»Wovon denn, Onkel Titus?«, fragte Justus mit unschuldiger Miene.

»Na, sieh dir das an!« Onkel Titus legte die Zeitung vor sich auf den Tisch. Auf der ersten Seite waren gleich mehrere Fotos zu sehen, die reichlich Diebesgut zeigten, dazu drei Gauner und einige ihrer Gaunerzinken auf Mauern und Haustüren. Darüber prangte die Schlagzeile: DIEBESBANDE IN ROCKY BEACH ENTTARNT!

Justus schüttelte den Kopf und verkniff sich ein Grinsen. »Nein, Onkel Titus, davon habe ich nichts mitbekommen.«

In diesem Moment ertönten zwei laute Fahrradklingeln. Es waren Peter und Bob, die durch das Tor des Schrottplatzes radelten und auf die Veranda zufuhren. »Justus, Justus!«, riefen beide wie aus einem Mund. »Hast du gelesen, was heute Nacht in Rocky Beach passiert ist?« Justus hob die Zeitung seines Onkels hoch und wedelte damit in der Luft herum. »Ich sehe es mir gerade an.«

Onkel Titus blickte stirnrunzelnd zu Peter und Bob, verzog fragend den Mund und wandte sich dann an Justus. »Sag mal, mein lieber Neffe, hast du dir nicht gerade erst ein Buch aus meinem Schuppen geborgt, in dem solche Gaunerzinken erklärt werden? Ich dachte, ich hätte dich darin blättern gesehen ...«

Justus sah seinen Onkel unschuldig an. »Ja«, bestätigte er dann. »Peter, Bob und ich sind doch gerade dabei, den Zaun rund um den Schrottplatz frisch zu streichen. Und auf einem der Holzpfosten war ein seltsamer Kreidestrich. Ich war neugierig und wollte prüfen, ob er mit einem Gaunerzinken übereinstimmt. Aber ich muss sagen: Das war nicht der Fall. Es war nur ein einfacher Kreidestrich ...«

»Ach ja, der seltsame Kreis mit dem X darin«, rief Peter. »Ich habe doch gleich gesagt, dass das irgendwelche Kinder waren. Das war nur Krickelkrakel.«

»Aber Just vermutet ja immer gleich Gangstergeschichten bei den allergewöhnlichsten Dingen«, lachte Bob.

Der Anführer der drei ??? nickte. »Ich habe eben eine übersprudelnde Fantasie. Doch ihr habt recht: Wer würde schon vermuten, dass es auf dem Schrottplatz etwas zu stehlen gibt. Ich meine, so richtig nach Wertgegenständen sieht es hier ja nicht aus.«

»Keine Wertgegenstände«, entgegnete Onkel Titus, »aber Wertstoffe! Was ich hier verkaufe, sind alles Wertstoffe! Kein Ding ist so alt oder abgenutzt, dass es nicht irgendeinen Menschen gäbe, der dafür doch noch eine Verwendung hätte.«

»Genau«, riefen Peter und Bob.

»Genau«, bestätigte auch Justus.

Onkel Titus lachte. Er nahm Justus die Zeitung aus der Hand und blickte wieder hinein. »Ja, ja«,

sagte er dann, »Kommissar Reynolds und Sergeant Bofinger sind schon zwei überaus tüchtige Polizeibeamte. Wenn ich gewusst hätte, dass sie Dieben auf der Spur sind, die Rotwelsch verwenden, dann hätte ich ihnen natürlich mein Buch geliehen.«

In diesem Moment trat Tante Mathilda aus der Küchentür. »Hat noch jemand Lust auf heißen Kakao und ein Stück Kirschkuchen? Ich habe extra einen gebacken«, verkündete sie. »Schließlich liegt ein arbeitsreicher Tag vor euch, Jungs. Drei Seiten Holzzaun sind heute noch zu streichen.« Sie zwinkerte den drei ??? fröhlich zu.

»Vor der Arbeit kommt das Vergnügen«, lachte Justus.

»Oh ja«, verkündete Bob.

»Und wie«, stöhnte Peter.

Und dann saßen die drei Detektive zusammen mit Tante Mathilda und Onkel Titus am Verandatisch und ließen sich den warmen Kirschkuchen schmecken.

BORIS PFEIFFER ist 1964 geboren, im selben Jahr wie *Die drei ???*. Er arbeitete zunächst als Theaterregisseur und studierte Drehbuchschreiben. Neben zahlreichen *Die drei ??? Kids*-Bänden hat er *Unsichtbar und trotzdem da!*, *Die Akademie der Abenteuer*, *Das Wilde Pack* und einige Jugendromane geschrieben. Seine Bücher sind bislang in acht Sprachen übersetzt. Seit 2012 gibt es in Eberswalde die *Boris-Pfeiffer-Schulbibliothek*. Zusammen mit den Kids-Clubs der deutschen Fußballbundesliga, der Stiftung Fairchance und den Berliner Schulpaten setzt er sich für die Verbesserung der Lesefähigkeiten von Kindern ein. Mehr über Boris findest du unter **borispfeiffer.de**

UDO SMIALKOWSKI wurde vor langer, langer Zeit in Niedersachsen geboren. Er zeichnet seit seinem fünften Lebensjahr, aber erst nach vielen anderen Tätigkeiten als Elektriker, Soldat, Verkäufer und Student fand er zu dem Beruf, den er am allerliebsten mag – Comiczeichner und Illustrator. Er schreibt seine Geschichten selbst oder mit einem Freund zusammen und wandelt auch schon mal ein Buch in ein Comicscript um. Mehr über Udo findest du unter **illuzilla.de**

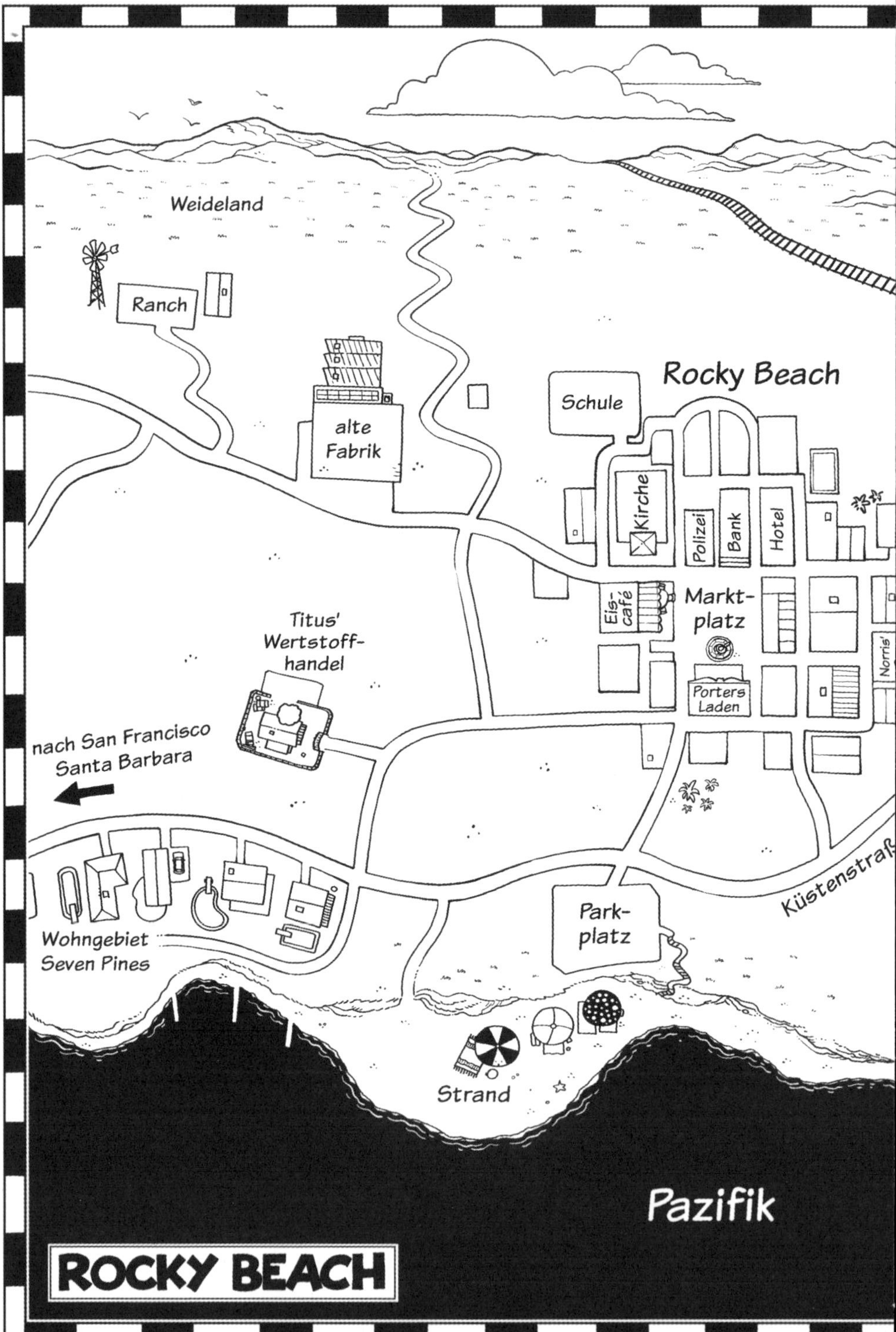

Weideland
Ranch
alte Fabrik
Schule
Rocky Beach
Kirche
Polizei
Bank
Hotel
Eis-café
Markt-platz
Porters Laden
Norris'
Titus' Wertstoff-handel
nach San Francisco Santa Barbara
Küstenstraß
Park-platz
Wohngebiet Seven Pines
Strand
Pazifik
ROCKY BEACH